KB078217

회귀자와 함께
살아가는 법

회귀자와 함께 살아가는 법 1

재미두스푼 현대 판타지 소설

초판 1쇄 찍은 날 § 2022년 1월 14일
초판 1쇄 펴낸 날 § 2022년 1월 21일

지은이 § 재미두스푼
펴낸이 § 서경석

총괄팀장 § 황창선
편집책임 § 이준영
디자인 § 스튜디오 이너스

펴낸곳 § 도서출판 청어람
등록번호 § 제387-1999-000006호
등록일자 § 1999. 5. 31
어람번호 § 제1-3170호

본사 § 경기도 부천시 부일로 483번길 40 서경B/D 3F (우) 14640
편집부 § 서울시 구로구 디지털로 272 한신IT타워 404호 (우) 08389
전화 § 02-6956-0531 팩스 § 02-6956-0532
http://www.chungeoram.com
E-mail § chungeorambook@daum.net

ⓒ 재미두스푼, 2022

ISBN 979-11-04-92412-5 04810
ISBN 979-11-04-92411-8 (세트)

도서출판
청림

1

회귀자와 함께 살아가는 법

재미두스푼

현대 판타지 소설

MODERN FANTASTIC STORY

회귀자와 함께
살아가는 법

목차

Chapter. 1   ·· 7

Chapter. 2   ·· 69

Chapter. 3   ·· 129

Chapter. 4   ·· 187

Chapter. 5   ·· 247

Chapter. 1

영화 〈Daddy〉.

내가 세운 영화사 월광에서 제작을 준비 중인 네 번째 작품이다.

정체불명의 괴한에게 유괴당한 딸을 구하기 위해서 전직 국정원 요원이었던 아빠가 펼치는 고군분투가 작품의 주요 내용.

그 과정에서 드러나는 뜨거운 부성애가 영화의 핵심이다.

내 인생의 승부수를 걸기로 한 이 작품의 주인공으로 낙점한 배우는 바로 명품 배우 한정우였다.

하지만 미팅에서 그가 답한 말은 내게 좌절을 주기에 충분했다.

"시나리오는 나쁘지 않습니다. 아빠 역할을 맡는 것, 개인적으로 연기 변신에 도움이 될 거란 생각도 들고요. 그런데… 감독님이 신인이란 점이 계속 마음에 걸립니다."

그간의 캐스팅 경험을 통해서 직감할 수 있었다.

한정우가 작품 출연을 거절하기 위해서 어렵게 찾아낸 변명이란 것을.

그리고 내 눈앞으로 한 사람의 얼굴이 어른거렸다.

'심대평 대표……'

같은 시기에 한 배우를 놓고 경합하는 두 제작사.

'영화사 월광'뿐만 아니라, 한정우를 노리는 제작사들은 많았다.

그 제작사들 가운데 가장 강력한 경쟁사가 바로 '평화필름'이었다.

평화필름에서 제작해서 개봉시킨 여섯 편의 작품들 가운데 천만 영화가 한 편, 나머지 다섯 편도 모두 손익분기점을 넘기며 흥행에 성공했다.

프로야구 타자로 비유하면 6타수 6안타, 1홈런을 기록한 셈이었다. 그리고 평화필름 심대평 대표는 차기작의 주연으로 한정우를 일찌감치 점찍었다고 알려져 있었다.

'심대평은… 끝내 이길 수 없는 건가?'

한정우의 입장에서는 심대평의 제안을 포기할 수 없었으

리라.

그때, 한정우가 씨익 웃으며 덧붙였다.

"그래도 이 작품에 출연하겠습니다. 서진우 대표님이 제작하셨던 작품들을 모두 흥미롭게 봤습니다. 그래서 대표님을 믿고 이번 작품에 출연하려는 겁니다."

예상치 못한 이야기를 들은 나는 감았던 두 눈을 번쩍 떴다.

아까와는 달리 한정우의 트레이드 마크인 시크한 미소가 내 마음을 흔들었다.

*   *   *

VIP 시사회를 앞두고 열린 〈Daddy〉의 제작 시사회에 참석했던 내 눈에서 눈물이 터져 나왔다.

"대박 나무 타는 냄새가 솔솔 풍겨 옵니다."

"서 대표님, 이거 천만 각인데요."

제작 시사회에 참석했던 투자사 직원들이 엄지를 추켜세우며 호평했을 때, 나는 성공을 확신했다.

또, 최고의 배우인 한정우를 〈Daddy〉의 남자 주인공으로 캐스팅하는 데 올인 했던 나 자신을 칭찬했다.

그 후로는 일사천리였다.

개봉일이 잡혔고, 영화 홍보 프로그램에 예고편이 방영되고, 개봉관을 넉넉하게 확보했고, 〈Daddy〉에 출연한 배우들이 홍보를 위해서 TV 예능 프로그램에 출연하면서 관련 기사들도 쏟아졌다.

동시기에 개봉하는 작품 중에서도 마땅한 경쟁작도 없었고, 시사회 반응도 역시 좋았다.

〈Daddy〉의 흥행에, 그리고 내 성공에 변수는 없다고 생각했다.

적어도 그때까지만 해도 나는 그렇게 확신했다.

〈Daddy〉 개봉 전야.

스마트폰을 꺼내서 떨리는 마음으로 사전 예매율을 확인하는 내 입가에 슬며시 미소가 번졌다.

1위: Daddy (예매율 64%)

우리 회사 작품인 〈Daddy〉가 압도적인 격차로 사전 예매율 1위를 달리고 있다는 것을 확인했기 때문이었다.

기분 좋은 미소가 입가를 떠나지 않을 때 기획 PD 홍기학이 사무실 문을 박차고 들어오며 말했다.

"대표님, 큰일 났습니다."

지금 큰일이라면 〈Daddy〉의 사전 예매율 1위 소식이다. 기분 좋은 일이련만 홍기학의 심각한 표정은 좀처럼 풀리지 않았다.

"무슨 일인데?"

"한정우가 지금 실검 1위입니다."

"그게 뭐가 대수라고 그리 호들갑이야?"

"한정우가 클럽에서 술을 마시고… 아니, 그냥 직접 보시죠."

한정우의 '클럽 성폭행' 소식.

그 소식은 홍기학이 내게 건넨 스마트폰에서 포털 사이트 실검 1위를 달리고 있었다.

$$* \qquad * \qquad *$$

당연한 이야기지만, 〈Daddy〉는 흥행에 참패했다.

한정우의 사건과 엮이며 실패한 것이었건만, 내게는 '실패한 영화 제작자'라는 낙인이 찍혔다.

술을 마시지 않으면 잠들 수 없는 날들의 연속.

그러던 어느 날, 평소와 다름없이 만취해서 간신히 잠들었던 나는 복통으로 인해 깨어났다.

"으아, 으으윽."

참기 힘든 복통 끝에, 119 구급차에 실려 대학병원 응급실에 도착했다. 그때까지만 해도 다시 집으로 돌아오지 못하게 될 줄은 꿈에도 몰랐다.

"췌장암입니다."

의사는 무감정한 표정과 음성으로 내게 암 선고를 내렸다.

"수술하고 항암 치료 하면 나을 수 있습니까?"

내가 던진 질문에 의사가 고개를 흔들며 대답했다.

"너무 늦었습니다."

*   *   *

수술도 항암 치료도 불가능한 상황.

병원에서는 더 이상 해 줄 수 있는 것이 없다고 날 밀어냈다. 그리고 내게는 돌아갈 집이 없었다.

이혼 서류에 도장을 찍은 아내가 재산 분할을 위해서 살고 있던 집을 처분해 버린 후였기 때문이었다.

아버지는 일찌감치 돌아가셨고, 어머니는 요양 병원에 입원해 계신 상황.

내게 남은 선택지는 호스피스 병동뿐이었다.

하지만 그곳은 내 예상과는 많이 달랐다.

그저 인간의 존엄성을 지키며 삶을 마무리하는 곳이라 생각했건만……

"아저씨는 좋겠다. 되게 오래 사셨네요."

그곳은 나이 지긋한 노인부터 내 또래나 나보다 한참 어린 친구들도 많았다. 그리고 호스피스 병동은 내 짐작과 달리 분위기가 밝았다.

어쩌면 본인들의 앞에 드리워진 죽음의 그림자를 밀어내기 위해서 일부러 더 밝은 척하는 건지도 몰랐다.

그리고 그곳에서 나는 많은 사람들을 만났다.

"엑스오, 알죠? 아이돌 그룹 엑스오 말이에요. 내가 엑스오 소속사 연습생이었어요. 그리고 원래라면 엑스오의 리더로 데뷔할 예정이었어요."

'엑스오'라는 인기 아이돌 그룹의 리더로 데뷔할 뻔했다고 주장하는 장수 연습생도 만났고.

"내가 한창때는 어마어마했지. 박스뮤직을 만든 게 나였다니까."

음원 사이트의 원조라 할 수 있는 박스뮤직을 자신이 만들었다고 주장하는 실무자도 만났고.

"내가 포로로의 아버지야. 설마 포로로도 모르는 건 아니지?"

유아들의 대통령이라고 불리는 포로로의 아버지라 주장하는 일러스트레이터도 만났다.

무척 흥미로운 만남들.

죽음이 지척까지 다가와 있는 상황인 터라 셈을 할 필요도, 거짓말을 할 필요도 없었다.

속내를 드러낸 채 하는 대화의 연속.

그런 그들과의 대화 속에서 깨달은 것이 있었다.

'여유를 갖고 주위를 둘러보았다면 아주 많은 것이 달라졌을 텐데.'

너무 치열하게 살았던 것이 후회로 남는다.

폭주 기관차처럼 앞만 보고 달리지 말고, 완행열차처럼 정차 역에 도착했을 때 한 번쯤 멈춰 서서 주변 사람들을 챙겼다면 지금보다 훨씬 더 풍요로운 인생이 되지 않았을까.

적어도 지금처럼 아무도 찾아오지 않는 호스피스 병원에서 혼자 쓸쓸히 죽음을 기다리지는 않았을 거란 생각이 들었다.

그리고 내게 찾아온 또 한 번의 운명적인 만남.

34회 골든글러브 영화제에서 '뷰티풀 마이 라이프'라는 영화가 작품상을 수상했을 때, 호스피스 병동 곳곳이 환호성으로 물든 것은 당연한 일이었다.

세계 3대 영화제 중 하나인 골든글러브 영화제에서 한국 영화가 무려 작품상을 수상했으니 말이다.

내 직속 선배라고도 할 수 있는 '뷰티풀 마이 라이프'의 제작자 심대평 대표.

그는 화면 속에서 환하게 웃고 있었다.

"하아, 하아."

내 몸은 이미 쇠약해질 대로 쇠약해졌다.

몸이 쇠약해지자, 정신도 희미해진다.

언제부터인가 내 주변을 둘러싼 세상이 점점 조용해진다.

고요하게, 경건하게 삶을 정리하라는 배려이리라.

'내게 남은 시간이 얼마나 될까? 하루, 이틀? 반나절?'

이제 남은 시간을 도무지 가늠하기 어렵다.

그렇게 어느 순간부터인가 시간의 흐름도 잊히기 시작했을 때였다.

"다행히 늦지 않게 도착했군."

내 주변을 잠식하고 있던 고요가 깨졌다. 그리고 고요를 깨
트린 이 목소리가 낯이 익다.

'심대평?'

골든 글러브 영화제 시상식에서 수상 소감을 밝히던 심대
평의 목소리가 내 귓속으로 파고들었다.

착각이 아니었다.

힘겹게 눈꺼풀을 밀어 올리고 뜬 눈에 심대평의 모습이 보
였다.

'왜… 날 찾아온 걸까?'

그리고 나를 찾아온 그는 이렇게 말했다.

"서 대표가 여기 있다는 걸 너무 늦게 알았어. 미리 알았다
면 좀 더 빨리 찾아왔을 텐데. 아, 갑자기 내가 여기에 찾아온
이유가 궁금할 수도 있겠군. 서 대표에게 꼭 해 주고 싶었던
이야기가 있어서야."

'무슨 이야기를 하려는 걸까?'

입을 열어 그에게 묻고 싶다. 그러나 쇠약해질 대로 쇠약해
진 내 육신은 입 밖으로 말을 내뱉는 것조차 불가능했다.

다행히 심대평은 이런 내 상태를 알아챈 듯 말을 이어 나갔
다.

"서진우 대표, 당신은 내게 유일하게 위기감을 심어 준 사람

이었네. 서 대표가 제작했던 '블랙 먼데이'라는 작품 말이야,
내가 막연히 짐작했던 것보다 훨씬 훌륭한 작품이었어. 그래
서 평화필름에서 제작한 영화가 처음으로 흥행에 실패할 뻔했
지."

'평화필름에서 제작했던… 〈스파크〉란 작품을 말하는 거구
나.'

영화사 월광에서 제작한 〈블랙 먼데이〉와 평화필름에서 제
작했던 〈스파크〉.

공교롭게도 두 작품은 같은 날 개봉했었다.

영화 관계자들은 〈스파크〉가 압승을 거둘 거라 예상했지
만, 〈블랙 먼데이〉는 기대 이상으로 선전했다.

영화가 재미있다는 입소문이 퍼지면서 300만 명이 넘는 관
객들을 동원했었다.

그로 인해 같은 스릴러 장르의 작품인 〈스파크〉는 예상보
다 성적이 저조했다. 그래도 손익분기점을 넘기기는 했지만,
평화필름에서 제작했던 작품들 중 가장 적은 수익을 거뒀었
다.

"800만이었네."

"……?"

"내가 제작했던 〈스파크〉는 원래 800만 명의 관객을 동원
했었네. 그런데 〈블랙 먼데이〉라는 작품의 예상치 못한 선전
으로 인해 고작 250만 명의 관객을 동원하는 데 그쳤지."

심대평의 이야기를 듣던 도중, 문득 위화감이 들었다.

일반적인 사람이라면 〈스파크〉가 약 800만 명의 관객을 동원할 거라 예상했다고 표현하는 게 정상이었다. 그런데 조금 전 심대평은 〈스파크〉가 원래 800만 명의 관객을 동원했었다고 말했다.

마치 〈스파크〉란 작품이 개봉해서 거두게 될 흥행 스코어를 미리 알고 있었던 사람처럼 말이다.

'말이 헛 나온 걸까? 아니면, 진짜 알고 있었던 걸까?'

궁금하다.

그러나 질문을 던지지 못하는 것에 답답함을 느끼고 있을 때, 심대평이 다시 입을 열었다.

"한정우가 〈Daddy〉에 출연하겠다고 결정을 내렸을 때, 서 대표는 많이 기뻤겠군. 그런데… 이상하다는 생각은 들지 않았었나?"

희미해진 정신으로 필사적으로 기억을 더듬는다.

'이상… 했어.'

잠시 후 나는 당시 이상함을 느꼈다는 사실을 알아챘다.

심대평이 평화필름에서 제작 중이던 〈뷰티풀 마이 라이프〉에 한정우를 주연으로 점찍었다는 소문이 널리 퍼져 있었던 상황.

그럼에도 불구하고 한정우가 〈뷰티풀 마이 라이프〉가 아니라 〈Daddy〉에 출연하겠다는 결정을 내렸던 것에 대해 나는 당시 의문을 품었었다.

"나는 처음부터 한정우를 '뷰티풀 마이 라이프'란 작품에 캐스팅할 생각이 없었네. 왜냐면 한정우가 구설수에 휘말릴 것을 알고 있었거든."

'어떻게 알았지? 뒷조사라도 했었나? 아니면, 아는 검사가 알려 줬나?'

"그리고 바로 내가 한정우에게 영화사 월광을 추천했네."

심대평의 말, 저 말은 결국 나를 나락으로 떨어트린 것이 심대평이었다는 뜻이었다.

"천재 제작자? 미다스의 손? 흥행의 신? 날 칭송하는 표현들이지. 그런데 평화필름에서 제작한 작품들이 계속 흥행에 성공할 수 있었던 진짜 이유는 따로 있네. 그 이유가 무엇인지 서 대표는 궁금하지 않나?"

분노 속에서도 호기심이 치민다.

해서 내가 귀를 쫑긋 세우고 있을 때, 심대평이 그 이유를 알려 주었다.

"내가 회귀자이기 때문이네."

*　　　　　*　　　　　*

"너무 실망하지 말고 편히 떠나게. 일반인인 서 대표가 회귀자인 날 이기는 것은 애초에 불가능한 것이었으니까."

심대평은 그 말만을 남기고 떠났다.

회귀라는 단어.

낯설지 않았다.

예전에 영화사 월광에서 제작을 고려했던 작품 중에 회귀물이 있었기 때문이었다.

그런데 막상 심대평에게서 본인이 회귀자란 고백 아닌 고백을 들은 순간, 나는 순순히 믿기 어려웠다.

생의 특정 시점으로 돌아가서 한 번 더 삶을 사는 것.

영화나 드라마의 소재로나 가능하지, 현실에서 일어나는 것은 불가능하다는 확신을 갖고 있었기 때문에 더 충격이 컸다.

그리고 워낙 충격이 컸던 탓에 심대평이 떠났다는 사실조차 깨닫지 못했다.

생의 마지막 고비의 순간 내가 꿈이라도 꾸고 있는 것인가?

심대평의 입에서 흘러나온 놀랄 만한 이야기들, 게다가 회귀자라는 고백까지.

이 모든 것이 장난 같았다.

그렇게 멍한 표정으로 누워 있을 때였다.

"축하합니다."

낯선 목소리가 귓속으로 파고들었다.

대학 신입생처럼 발랄함이 묻어나는 젊은 여자의 목소리가 들려온 순간… 난 기분이 상했다.

죽음이 코앞으로 임박한 내 상황과 축하한다는 이야기가

전혀 어울리지 않았기 때문이었다.

그러나 여자는 그런 내 속내를 알아채지 못하고 여전히 발랄한 목소리로 이야기를 이어 나갔다.

"회귀자의 고백을 들었습니다."

'회귀자의 고백을 들었다고?'

난 더 참지 못하고 발랄한 목소리로 이야기를 꺼내고 있는 젊은 여자를 노려보았다.

나이는 대략 열서넛 가량.

양 갈래로 머리를 땋은 앙증맞은 외양의 소녀가 내 눈앞에 생글생글 웃으며 서 있었다.

'누구지?'

한 가지 의문이 풀리기도 전에 또 다른 의문이 일어났다.

'어떻게 보이는 거지?'

난 눈을 감고 있었다.

좀 더 정확히 표현하면 무거운 눈꺼풀을 위로 들어 올릴 힘도 남아 있지 않았다.

그런데 소녀의 얼굴이 또렷하게 보였다.

'이게 어떻게 가능한 거지?'

지금의 상황이 잘 이해가 가지 않았다. 그래서 일순간 머리 회전이 멈췄을 때, 소녀가 말했다.

"궁금한 게 많죠? 궁금한 게 있으면 빨리 물어봐요."

"나도 그러고 싶다. 그런데 말을 할 수 없는 상황……."

속으로 내가 처한 상황에 대해서 알려 주던 도중에 멈췄다.

분명히 입을 떼지 않았는데 내가 하고 싶은 이야기들이 말이 되어 밖으로 새어 나오고 있었기 때문이었다.

"내가 말을 하는 게 어떻게 가능하지? 그리고 어떻게 내 눈에 네가 보이는 거지?"

"회귀자의 고백을 들었으니까요."

"……?"

"회귀자의 고백을 듣는 것, 무척 어려운 일이랍니다. 회귀자들은 자신이 회귀했다는 사실을 다른 사람들에게 어지간해서는 털어놓지 않거든요. 말 그대로 대단한 비밀이니까요. 그런데 서진우 님은 그 어려운 일을 해내시는 데 성공한 겁니다. 그래서 아까 제가 축하한다고 말씀드렸던 것이고요."

소녀와 대화를 나누고 있음에도 불구하고, 지금 내게 닥친 상황을 제대로 파악하는 것은 어려웠다.

"혹시……?"

"편하게 말씀하세요."

"그러니까 혹시 그쪽은 저승사자인 건가?"

"대실망입니다."

"왜 실망이란 거지?"

"예쁘고 귀엽고 아리땁기까지 한 나 같은 깜찍한 소녀와 흉측한 저승사자가 어울린다고 생각하세요? 전 요정이랍니다."

"요정?"

"요정은 회귀자들을 인도해 주는 역할을 하고 있어요. 때때로 필요한 경우에는 균형을 맞추는 존재가 되기도 하고요. 솔직히 말씀해 보세요. 지금 상황이 여전히 잘 이해가 안 가죠?"

"그래, 잘 이해가 안 가."

"아까 심대평 씨처럼 이 세상에는 회귀자들이 활동하고 있어요. 그런 회귀자들은 심대평 씨처럼 모두 나쁜 사람들만 있는 건 아니에요. 좋은 사람도 있죠."

나름 똑똑한 편이라고 자부하며 살아왔었는데.

자칭 요정이라고 주장하고 있는 소녀의 말은 제대로 이해하기 어려웠다.

죽음이 다가오며 정신이 희미해진 탓도 있지만, 더 큰 이유는 지금 소녀가 하는 말이 너무 황당해서였다.

'회귀자들?'

그런 소녀가 꺼낸 이야기들 중 내가 주목한 것은 회귀자들이란 표현이었다.

심대평이 회귀자라는 사실도 받아들이기 힘든데.

소녀의 표현대로라면 이 세상에 심대평 말고도 회귀자들이 더 존재한다는 뜻이었다.

"이제 이해하셨나요? 뭐, 아직 이해를 못 하셨다고 해도 어쩔 수 없어요. 이제 서진우 씨에게 남은 시간이 별로 없으니까요."

"왜 시간이 별로 없다는 거지?"

"곧 죽으니까요."

'내가… 곧 죽는다?'

황당한 상황들이 연달아 발생한 탓에 잠시 잊고 있던 현실로 내가 다시 돌아왔을 때였다.

"죽고 나면 서진우 씨가 얻은 두 가지 능력을 사용할 기회조차 없어지거든요."

"내가 무슨 능력을 얻었다는 거야?"

"지금부터 제가 알려 드릴게요. 회귀자의 고백을 들은 덕분에 서진우 씨는 두 가지 능력을 얻었어요. 첫 번째는 회귀자를 감별할 수 있는 능력이에요. 그리고 두 번째는 회귀자와 함께 과거로 돌아갈 수 있는 능력이에요."

"그러니까… 그 말은 내가 과거로 돌아갈 수 있단 뜻이야?"

"오오, 회광반조!"

"……?"

"회광반조 몰라요? 죽기 전에 마지막 생의 불꽃을 태우며 똑똑해지는 현상인데. 뭐, 어쨌든 덕분에 좀 스마트해지셨네요."

'맞다는 뜻이군.'

내 가슴이 다시 거세게 뛰기 시작했다.

"어떻게 하면 과거로 돌아갈 수 있지?"

"서진우 씨, 당신은 회귀자 심대평 씨를 만났습니다. 그리고 회귀자 심대평 씨에게서 회귀자의 고백을 들었습니다. 그 덕분에 당신은 과거로 돌아갈 수 있는 기회를 얻었습니다. 그가 회귀를 했던 시점으로 함께 돌아가기를 원하십니까?"

언제 그랬냐는 듯 소녀의 목소리에서 장난기가 사라졌다.

엄숙한 목소리로 질문하는 소녀를 바라보던 내가 물었다.

"내가 돌아가길 원한다고 하면… 과거로 돌아갈 수 있는 건가?"

"그렇습니다."

"그럼… 돌아가고 싶다."

"알겠습니다."

소녀가 성큼성큼 다가와 내 손을 잡았다.

잠시 후, 환한 빛이 날 감쌌다.

부지불식간에 눈을 감아 버린 순간, 소녀의 장난기 가득한 목소리가 내 귓속으로 파고들었다.

"서진우 씨, 이번 생은 행복하세요."

*　　　　　*　　　　　*

"진우야, 늦었어."

내 귓속으로 파고드는 목소리.

소녀의 장난기 가득한 목소리가 아니었다.

어머니의 목소리였다.

"진짜… 돌아온 거야?"

벌떡 몸을 일으키며 눈을 뜨자마자 가장 먼저 시선을 사로잡은 것은 깃을 바짝 세운 바바리코트를 입은 주윤발이었다.

선글라스를 착용하고 이쑤시개를 입에 문 채 씩 웃고 있는 주윤발의 얼굴, 그리고 이제는 다시 볼 수 없는 앳된 장국영의 얼굴.

"영웅본색."

벽에는 느와르 명작인 영웅본색의 포스터가 붙어 있었다. 그리고 이 포스터가 내 방 벽에 붙어 있다는 것은 내가 과거로 돌아왔다는 증거였다.

마치 그걸 이제 알았냐는 듯이 주윤발 형님은 씩 웃고 있었다.

저우룬파.

2020년에는 주윤발이 아니라 저우룬파라 불리는 경우가 더 많았지만, 내 마음속에서는 죽을 때까지 저우룬파가 아니라 주윤발 형님이었다.

그렇게 난 씩 웃고 있는 주윤발 형님의 얼굴에서 한참을 시선을 떼지 못했다.

마치 주윤발 형님이 환하게 웃는 얼굴로 내게 보너스로 얻은 이번 생은 멋지게 한번 살아 보라고 격려해 주는 것 같았기 때문이었다.

잠시 후 내가 손을 들었다.

"탱탱하다."

호스피스 병동 침상에 누워 있던, 앙상하던 내 손등에는 주름이 가득했었는데.

지금 내 손은 통통하게 느껴질 정도로 살이 붙어 있었다.

또, 주름도 하나 없다.

"진우야, 늦었다니까. 빨리 나와서 씻고 밥 먹어."

어머니의 채근이 있었지만, 난 일어나지 않았다.

"잠깐만요."

일단 소리를 지른 후 난 생각을 정리하기 시작했다.

'내가 죽기 전에 심대평이 찾아와서 본인이 회귀자라고 고백했었어. 그리고 회귀자의 고백을 들었기 때문에 내게 두 가지 능력이 생겼다고 저승사, 아니, 요정이 말했어. 하나는 회귀자를 감별하는 능력이고, 또 하나는 회귀자와 함께 과거로 돌아갈 수 있는 능력이라고 했었지.'

자칭 요정이라고 주장하던 소녀가 알려 준 이야기였다. 그리고 소녀는 거짓말을 한 것이 아니었다.

내가 죽지 않고 다시 예전 내 방에서 깨어났으니까.

'회귀자를 감별하는 능력이 대체 뭘까?'

진짜 과거로 돌아왔다는 사실을 깨달은 순간, 가장 먼저 든 감정은 아쉬움이었다.

소녀를 만났던 것은 죽음이 임박한 순간이었다. 그리고 소녀는 죽고 나면 회귀자의 고백을 들은 덕분에 얻었던 두 가지 능력을 사용할 기회가 사라진다고 말했다. 그래서 너무 시간이 촉박했던 탓에 소녀에게서 좀 더 자세한 설명을 듣지 못했던 것이 못내 아쉽게 느껴졌다.

그러나 난 이내 아쉬움을 털어 냈다.

"내가 죽기 직전이었으니까 심대평이 비밀을 털어놓았을 거야."

소녀는 회귀자의 고백을 듣는 게 무척이나 어려운 일이라고 말했었다.

"만약 나라고 해도 꽁꽁 숨겼을 테니까."

당연한 일이었다.

그럼에도 불구하고 심대평이 내게 회귀자란 비밀을 털어놓은 것은 내가 곧 죽을 것을 알고 있어 경계심이 풀렸기 때문이었다.

"덕분에 내게도 다시 한번 살 수 있는 기회가 생겼고. 그나저나… 지금이 몇 년도지?"

소녀는 내가 원한다면 과거로 돌아갈 수 있다고 말했다. 그렇지만 정확히 어느 시점으로 돌아간다는 것은 알려 주지 않았다.

일단 지금이 몇 년인가를 알아내는 것이 우선이라고 판단한 나는 방 안을 둘러보았다.

첫 번째 단서는 벽에 붙어 있는 영화 '영웅본색'의 포스터.

'영웅본색이 87년에 개봉했었어. 그리고 내가 저 포스터를

구해서 벽에 붙인 것은 92년경이었어. 그럼 최소 92년 이후라는 뜻이야.'

영웅본색은 내게 엄청난 충격을 준 작품이었다.

내가 영화 제작자라는 직업을 선택하는 데도 일정 부분 영향을 미쳤을 정도였다.

그래서 '영웅본색'과 관련된 예전 기억은 선명하게 남아 있었다.

덕분에 빠르게 계산을 마친 내가 다시 방 안을 살폈다.

잠시 후, 나는 책상 앞으로 다가갔다. 그리고 책상 서랍 가장 밑 칸을 열어, 몇 권의 노트가 있는 것을 확인했다.

내가 시나리오를 습작했던 노트들.

그 노트들 가운데 한 권을 들어 올리고 펼치자, '지구 침공'이란 제목이 보였다.

'외계인이 지구를 침공하고, 혜주가 위기에 처한 순간 주인공인 내가 초능력을 각성해서 외계인을 물리치고 오랫동안 짝사랑하던 혜주와 지구를 구하는 내용의 시나리오.'

꽤 오래전에 쓴 습작이었지만, 어렴풋이 기억이 났다.

'지구 침공이 마지막 습작이었어. 이 습작을 쓰다가 내가 시나리오 작가로는 재능이 없다는 사실을 깨달았었으니까.'

어차피 습작이니 시나리오의 내용 따위는 하등 중요치 않았다.

'지구 침공'이란 습작을 쓴 노트가 남아 있다는 것.

최소 고등학교 2학년은 지났다는 뜻이었다.

그제야 책상에 꽂힌 참고서들이 눈에 들어온다.

고2 국어, 고2 수학, 고2 영어, 고2 사회 탐구 등등.

모두 고등학교 2학년 것이었다.

"고등학교 2학년 때로 돌아왔어. 그럼 지금은… 1995년이야."

마침내 지금이 몇 년도인지를 알아챈 내가 생소한 감각을 느끼고 고개를 아래로 떨궜다.

불룩.

잠옷 대용으로 입고 있는 청색 추리닝의 앞섬이 불룩 튀어나와 있는 것이 보였다.

꽤 높이 솟아 있는 앞섬이 내게 충격을 안겼다.

'이럴 수가!'

샤워를 마친 와이프가 요염한 미소를 던지며 알몸으로 달려들어도 꿈쩍도 하지 않던 녀석이었다.

그런데 아무 자극도 없었음에도 불구하고 스스로 당당히 일어나 있었다.

'다시 돌아오긴 했구나.'

덕분에 과거로 돌아왔단 사실을 확실히 깨달은 나는 환하게 웃으며 한때 유행했던 영화 속 명대사를 읊조렸다.

"살아 있네."

방문을 열고 나가자마자 구수한 된장찌개 냄새가 코를 찔렀다.

이미 식탁에 앉아 있는 아버지와 어머니, 그리고 누나를 발견하고서 우뚝 멈춰 섰다.

두 번 다시는 볼 수 없을 거라 여겼던 부모님과 누나를 다시 만나게 된 순간, 안도의 감정이 떠오르는 것을 숨길 수 없었다.

'좋다.'

구수한 엄마표 된장찌개 냄새도, 부모님과 누나를 다시 볼 수 있다는 것도, 전부 다 좋았다.

"사고 쳤냐?"

"네?"

"또 무슨 사고 쳤냐고. 그래서 겁이 나서 밥상 앞으로 못 오는 거냐고."

아버지의 목소리를 듣고서야 난 상념에서 깨어났다.

"사고 안 쳤습니다."

아버지의 질문에 대답하며 난 밥상 앞에 앉았다.

시금치무침, 삶은 콩나물, 계란프라이, 무생채까지.

밥상 위에 놓인 소박하지만 정갈한 밑반찬을 확인하자 군침이 돌았다.

숟가락을 들어 된장찌개부터 떠서 입에 넣었다.

'그래, 이 맛이지.'

엄마표 된장찌개를 맛보는 것.

대체 얼마 만인지 몰랐다.

게다가 호스피스 병동에 머물 때는 항상 입맛이 없어서 식사를 몇 술 뜨지도 않았었다.

그래서일까.

밥과 반찬들이 너무 맛있었다.

쩝, 쩝.

계란프라이와 무생채, 삶은 콩나물, 시금치무침을 밥공기에 덜어 된장찌개 국물을 떠서 비빈 후, 정신없이 흡입하다가 숟가락질을 멈추었다.

아무런 소리도 들리지 않는다는 사실을 뒤늦게 깨달았기 때문이었다.

부모님과 누나는 그때까지 수저도 들지 않은 채 일제히 날 바라보고 있었다.

'내가… 뭘 잘못했나?'

그 시선을 느낀 내가 당황했을 때, 엄마가 입을 뗐다.

"웬일이야? 아침에는 밥맛이 없다고 항상 깨작이기만 하더니."

'그래서 놀라신 거구나.'

비로소 식구들이 놀란 이유를 알아챈 내가 웃으며 대답

했다.

"오랜만에 집밥 먹으니까 진짜 맛있어서요."

"오랜만에 집밥을 먹는다고? 매일 집밥을 먹으면서 그게 무슨 소리야?"

걱정스러운 시선을 던지며 엄마가 던진 질문.

"아직 잠이 덜 깼어?"

한심하단 시선을 던지며 누나가 던진 질문.

"밤에 안 자고 또 영화 봤어? 너 이제 고3이야, 고3. 쯧쯧, 이래서 대학이나 갈 수 있을는지."

내게 시선조차 던지지 않은 채 아버지가 던진 질문.

예전에는 아버지의 훈계와 잔소리가 그렇게 듣기 싫었다.

그래서 아버지와의 대화를 피했고, 자연스레 아버지와의 사이가 틀어질 대로 틀어져 버렸었는데.

이제는 나도 안다.

아버지의 훈계와 잔소리에 자식에 대한 애정이 담겨 있다는 사실을.

"내가 전에 말했지? 인서울 못 하면 등록금 안 내준다고. 그냥 해 본 소리 아니니까 정신 똑바로 차려라."

"걱정 마세요. 인서울이 아니라 한국대 갈 테니까요."

쿨럭, 쿨럭.

간신히 첫술을 뜨셨던 아버지는 내 대답이 끝나자마자 사레들리셨다.

"여기 물 마셔요."

엄마가 재빨리 내민 물컵을 비우고 나서야 아버지는 질문을 던지셨다.

"방금… 뭐랬어?"

"한국대학교에 진학하겠다고 말씀드렸습니다."

한국대학교.

대한민국 최고의 명문 대학이다. 그리고 고등학생인 자식이 한국대학교에 진학하겠다는 포부를 꺼내면 일반적인 부모들은 기특해한다.

그렇지만 아버지는 날 전혀 기특해하지 않으셨다.

한심하단 시선을 던지다가 입을 떼셨다.

"너 술 마셨지? 잠이 덜 깬 게 아니라 술이 덜 깨서 아침부터 밥상머리에서 헛소리하는 것 아냐?"

"잠도 다 깼고 술도 안 마셨습니다. 그리고 방금 전에 한국대학교에 진학하기로 결심했습니다."

내가 재차 한국대학교에 진학하겠다는 포부를 밝히고 난 후, 식탁 위에는 무거운 침묵이 흘렀다.

그 침묵을 먼저 깨트린 것은 엄마였다.

"우리 진우, 이제 정신 차렸나 보네. 잘 생각했다. 진우 네가 공부를 안 해서 그렇지 날 닮아서 머리는 좋아. 지금부터라도 맘 잡고 열심히 공부하면 한국대학교 갈 수 있을 거야."

항상 그렇듯이 엄마는 내 편이었다.

머리는 좋지만 그동안 공부를 안 했을 뿐이라는 세상 엄마들의 단골 레퍼토리를 어김없이 꺼내며 내게 응원을 보내 주었다.

"엄마, 한국대가 어중이떠중이들이 들어갈 수 있는 대학인 줄 알아? 대한민국에서 제일 공부 잘하는 애들만 들어가는 게 한국대야. 그리고 내가 분명히 말하지만 진우 머리 안 좋아."

어머니와 달리 누나는 내게 응원을 보내 주지 않았다.

'여전하네.'

현실 감각이 투철한 누나다운 멘트란 생각이 들어서 내가 희미한 미소를 입가에 머금었을 때였다.

"네가 생각해도 웃기지?"

날 빤히 응시하던 아버지가 질문했다.

"네, 웃깁니다."

"그럼 흰소리는 그만하고 밥 먹자."

"흰소리한 적 없습니다. 진짜 한국대학교에 갈 겁니다."

아버지의 시선을 피하지 않은 채로 재차 강조했다.

진지한 내 표정을 확인한 아버지가 수저를 들며 말했다.

"네가 한국대 들어가면 애비가 장을 지지마."

"그러지 마십시오."

"왜 그러지 말라는 거야?"

"아버지가 장을 지지는 게 싫으니까요."

여전히 내 포부가 황당하다고 여기는 아버지가 헛웃음을 터트린 순간, 난 기회를 놓치지 않고 말을 이었다.

"대신 이렇게 하시죠."

"뭘 어떻게 하자는 거냐?"

"제가 한국대학교에 입학하면 장을 지지는 대신, 제 부탁 하나 들어주세요."

"무슨 부탁?"

"그건 나중에 말씀드리겠습니다."

"만약 한국대학교에 입학 못 하면 어쩔 거냐?"

"아버지께 손 안 벌리고 제힘으로 등록금 벌어서 대학에 가겠습니다."

"그 정도 조건이면… 내가 손해 볼 건 없구나."

아버지가 협상 성립을 선언한 순간, 내 눈시울이 붉어졌다.

다시 가족들과 함께 모여서 이렇게 대화를 나눌 수 있는 것이 너무 행복해서였다.

"먼저 일어나겠습니다."

가족들 앞에서 우는 모습을 들키고 싶지 않아서 난 서둘러 일어났다.

"왜 벌써 일어나?"

"한국대 가려면 빨리 학교 가서 공부해야죠."

내가 대답한 순간, 아버지가 날 한심하게 바라보며 말씀하셨다.

"아직 방학 안 끝났다."

"⋯⋯."

"언제 개학인지도 모르면서 무슨 한국대를 간다고, 쯧쯧."

*　　　　*　　　　*

상춘대학교.

지난 생에 내가 졸업한 대학이었다.

경상북도 상주 한구석에 터를 잡은 상춘대학교를 아는 사람은 많이 없었다.

명문대와는 거리가 멀었기 때문이었다.

속된 말로 '지잡대'.

지잡대 중 하나인 상춘대학교를 졸업했던 것이 부끄럽지는 않았다.

하지만 아쉬움은 남았다.

지잡대가 아닌 명문대를 졸업했다면, 내 인생이 달라졌을 수도 있었기 때문이었다.

이것이 다시 한번 살 수 있는 기회를 얻은 내가 상춘대학교가 아닌 대한민국 최고 대학인 한국대학교에 진학하겠다는 목표를 설정한 이유였다.

'대한민국에서는 학연이 중요하거든.'

사회생활을 경험해 본 덕분에 난 학연이 무척 중요하다는 것을 알고 있었다. 그리고 한국대학교에는 대한민국에서 제일 똑똑한 인재들이 모였다.

그 인재들과 인연을 맺는 것의 중요성을 난 잘 알고 있다.

그리고 또 하나의 이유는 간판이 필요해서였다.

한국대학교 학생이라는 간판을 가지면 자연스레 돈을 벌기 쉬워진다.

또 몸값도 오른다.

난 그 간판을 이용해서 사업을 시작할 수 있는 종잣돈을 벌 계획을 세웠다.

'중학생 때로 돌아왔으면 좋았을걸. 아니, 딱 1년만 더 전으로 돌아왔으면 좋았을걸.'

지금이 1995년이라는 사실을 알게 된 순간, 가장 먼저 든 아쉬움이었다.

고등학교 3학년 개학을 앞두고 있는 만큼, 수능 시험까지 채 1년도 남아 있지 않았기 때문이었다.

'공부할 수 있는 시간이 조금만 더 길었으면 좋았을 텐데.'

이런 아쉬움을 품었던 내가 이내 고개를 내저었다.

인간의 욕심이란 게 참 끝이 없다는 생각이 들어서였다.

다시 한번 살 수 있는 기회를 얻은 것만 해도 엄청난 혜택이었다.

그런데 아쉬워하며 더 많은 것을 바라는 것은 과욕이었다.

그런 내가 떠올린 것은 소녀, 아니, 요정이 건넸던 말이었다.

"서진우 씨, 당신은 회귀자 심대평 씨를 만났습니다. 그리고 회귀자 심대평 씨에게서 회귀자의 고백을 들었습니다. 그 덕분에 당신은 과거로 돌아갈 수 있는 기회를 얻었습니다. 그가 회귀를 했던 시점으로 함께 돌아가기를 원하십니까?"

요정의 말대로라면 내가 회귀한 시점은 임의로 정해진 것이 아니었다.

심대평이 회귀를 했던 시점으로 돌아온 것이었다.

"심대평의 나이가 몇이더라?"

정확하지는 않았지만, 나보다 열 살 정도 많았던 것 같았다.

그렇다면 현재 심대평의 나이는 이십 대 중후반.

대학생이거나, 대학을 졸업하고 막 영화 관련 일을 시작한 시점이리라.

"괜히 흥행의 신이 된 게 아니네."

영화 제작자 심대평의 성공 비결은 회귀.

회귀를 해서 미래에 흥행할 작품을 이미 알고 있었기 때문에 영화 제작자로서 큰 성공을 거둘 수 있었던 것이었다.

"계속 승승장구하겠네."

만약 예전의 나였다면?

심대평이 미래의 흥행작을 알고 있는 것을 무기로 삼아 성공 가도를 달릴 것에 조바심을 느꼈으리라.

그러나 지금은 조바심을 느끼지 않는다.

그 이유는 호스피스 병동에서 보냈던 시간 덕분이었다.

'만약 다시 태어날 수 있다면?'

호스피스 병동에서 남아도는 시간을 흘려보내기 위해서 떠올렸던 생각이었다.

당시에는 의미 없는 짓이라 여겼는데.

막상 회귀를 하고 나니, 더 이상 의미 없는 짓이 아니었다.

덕분에 갑작스레 회귀를 했음에도 불구하고, 앞으로 어떻게 살아가야 할지 이미 계산이 서 있었으니까 말이다.

*   *   *

동명 고등학교.

내가 다녔던 고등학교다.

아니, 지금은 내가 다니는 고등학교다.

개학 첫날.

진짜 수험생인 고3이 된 탓일까, 3학년 3반 교실에는 적당한 긴장감이 흘렀다.

그렇지만 전혀 긴장하지 않는 부류도 존재했다.

"아, 지긋지긋한 고삐리 생활 청산까지 아직 1년이나 남았네."

"자퇴해, 새꺄. 그럼 바로 지긋지긋한 고삐리 신분에서 벗어날 수 있어."

"자퇴하면 우리 꼰대가 날 죽일지도 몰라."

"꼰대가 그렇게 무섭냐?"

"꼰대가 무서운 게 아니라 꼰대가 용돈 안 줄까 봐 무서운 거지. 짠, 고3 되면 공부 겁나 열심히 하겠다고 뻥쳤더니 우리 꼰대가 준 용돈이다. 우리 꼰대가 생긴 거랑 다르게 순진하거든. 오락실 갈 사람?"

수험생이 된 긴장과는 거리가 먼 부류들이 나누는 대화 소리가 들린 순간, 난 쓴웃음을 머금었다.

굳이 분류하자면 나 역시 진짜 수험생이 됐음에도 긴장하지 않았던 부류 중 한 명이었기 때문이었다.

그러나 이제는 다르다.

한국대학교에 진학하겠다고 밥상머리에서 큰소리를 뻥뻥 친 상황.

또, 내가 계획한 2회차 인생 항로를 차질 없이 진행시키기 위한 첫 관문이 바로 한국대학교에 진학하는 것이었다.

'전략이 중요해.'

수능까지 남은 시간이 1년도 채 되지 않는 상황인 만큼, 성적을 끌어올리기 위해서는 전략이 중요했다.

'수시는 포기, 정시에 올인 한다.'

대학별로 진행하는 수시 모집에는 내신 성적이 중요했다.

즉, 고등학교 1, 2학년 때 치렀던 중간고사와 기말고사 성적이 수시 모집의 성패를 좌우하는 것이었다.

그리고 이것이 내가 일찌감치 수시 포기를 결심한 이유다.

굳이 확인해 보지 않더라도 나의 내신 성적이 바닥이라는 것쯤은 알고 있었으니까.

남은 것은 정시 모집.

즉, 수학 능력 시험에 올인 하는 것이었다.

*　　　　*　　　　*

'내 수능 성적이 얼마였더라?'

수학 능력 시험은 2020년에도 존재했다.

다만 1995년과 2020년의 수학 능력 시험은 여러 면에서 달랐다.

가장 큰 차이점은 총점.

2020년에는 수학 능력 시험의 총점이 400점이지만, 1995년에는 수학 능력 시험의 총점이 200점이었다.

'100점은 간신히 넘겼던 것 같은데.'

무려 20년도 더 된 일이라 정확한 점수까지는 기억이 나지 않지만 어렴풋이 떠오른 기억에 의하면 100점을 넘겼던 것 같다.

'100점 더 올린다고 생각하면 간단하겠네.'

가장 시급한 것은 현재 내 학습 수준을 정확히 아는 것이었다.

'형편없겠지.'

영화에 미쳐서 공부와는 담을 쌓고 살았다시피 했던 학창 시절이었다.

그 후로 20여 년의 시간이 더 지났으니 현재 내 학습 수준은 형편없을 가능성이 높았다.

"일단 모의고사부터 보자."

학습지에는 학생이 자신의 학습 수준을 파악할 수 있도록 모의고사 문제지를 실어 놓는 경우가 대부분이었다.

그 학습지에 실린 모의고사부터 봐야겠단 결심을 막 굳혔을 때였다.

"서진우, 오늘 뭐 해?"

누군가 내 이름을 불렀다.

그 방향으로 고개를 돌리자, 깻잎 머리를 한 여고생이 서 있었다.

'누구… 더라?'

잠시 후, 여고생에 대한 기억을 떠올리는 데 성공했다.

고3 시절에 잠깐 만났던 여자아이.

하지만 오래 만났던 것도 아니고, 시간이나 때우자는 심정으로 잠깐 만났던 터라 이름조차 가물가물하다.

결국 이름을 떠올리는 데 실패한 내가 대답했다.

"학교 끝나면 집에 가야지."

"같이 영화 보러 갈래?"

"영화?"

영화를 같이 보자는 여고생의 제안에 귀가 솔깃해지는 것, 어쩔 수 없다.

그러나 곧 여고생의 제안을 거절했다.

"안 돼."

"왜? 집에 무슨 일 있어?"

"집에 가서 공부해야 해."

내 대답을 들은 여고생이 놀란 표정을 짓는다.

'고3이 공부해야 한다고 대답한 게 이렇게 놀랄 일인가?'

여고생의 놀란 반응에 나 역시 당혹스럽다.

"서진우, 너 어디 아파?"

"보다시피 멀쩡한데."

"그런데 왜 갑자기 공부를 한다는 거야?"

'어지간히 공부를 안 했나 보네.'

여고생의 반응을 통해서 내가 고등학생 시절에 얼마나 공부를 안 했었는지 대충이나마 짐작할 수 있었다.

"공부 열심히 해서 훌륭한 사람 되려고. 너도 놀지 말고 공부해. 그러다가 나중에 후회한다."

이런 꼰대 같은 발언을 하다니

내가 말해 놓고도 얼굴이 달아올라 화끈거린다.

'이게 회귀자의 숙명인가.'

몸은 십 대 후반이지만, 정신은 사십 대 초반.

부지불식간에 꼰대 같은 말이 나오는 게 어쩌면 당연한 것인지도 모른다.

'조심해야겠네.'

내가 회귀했다는 사실을 들켜서는 안 된다.

그래서 앞으로 꼰대 같은 말투를 되도록 사용하지 않겠다고 결심하며 충고를 더했다.

"그리고 깻잎 머리, 너무 촌스럽다."

"전에는 깻잎 머리가 잘 어울린다고 했잖아?"

"내가 그런 말을 했다고?"

"그래."

내가 살짝 당황한 채 입을 뗐다.

"그땐 내가 미쳤었나 보다."

*　　　　*　　　　*

학교를 마치고 방으로 돌아오자, 주윤발 형님이 반겨 준다.

이쑤시개를 입에 물고 있는 주윤발 형님의 미소.

언제 봐도 질리지 않는 매력적인 미소다.

그러나 이제는 주윤발 형님과 이별할 때다.

고3 수험생이 된 후, 가장 먼저 영화와 관련된 물건들을 치우기로 결심했다.

벽에 붙어 있는 영웅본색 포스터 앞으로 다가간 내가 주윤발 형님에게 작별을 고했다.

"잠시만 안녕입니다. 다시 만날 때는 정식으로 인사드리겠습니다."

빈말이 아니다.

만약 내 계획대로 일이 착착 진행만 된다면, 난 포스터 속 주윤발 형님이 아니라 실물 주윤발 형님을 영접할 수 있을 것이었다.

영웅본색 포스터를 뗀 후, 책장에 꽂혀 있는 시나리오 작법과 연출에 관련된 서적들을 모두 빼냈다. 그리고 마지막으로 책상 서랍을 열어 보물처럼 간직했던 시나리오 노트들도 꺼냈다.

영화 관련 물건들을 모두 상자에 담은 후 재활용품을 모아 놓은 거실 옆 베란다에 갖다 놓은 후 다시 방으로 돌아왔다.

"이게 대체 얼마 만에 보는 시험이냐?"

탁상시계의 알람을 맞춘 후, 난 모의고사 문제를 풀기 시작했다.

*　　　　　　*　　　　　　*

"이게… 뭐야?"

장을 보고 돌아온 한순자가 베란다에 놓여 있는 상자를 발견하고 다가갔다.

주방에서 가위를 가져와 테이프를 자르고, 상자를 열어 본 한순자가 놀란 표정을 지었다.

영웅본색이란 홍콩 영화의 포스터, 영화 시나리오 작법과 관련된 서적, 그리고 아들인 서진우가 직접 쓴 시나리오 노트를 상자 안에서 발견했기 때문이었다.

"무슨 바람이 불어서 이것들을 싹 다 버렸대?"

방 청소를 하다가 영웅본색 포스터에 손만 대도 기겁했을 정도였고, 용돈을 차곡차곡 모아서 구입한 시나리오 작법 관련 서적들도 행여나 구겨질까 조심스레 보던 서진우였다.

특히 직접 쓴 시나리오 노트는 신줏단지처럼 고이 모셨었는데.

그랬던 아들이 갑자기 애지중지하던 물건들을 상자에 담아서 버린 것을 확인한 한순자는 걱정부터 앞섰다.

사람이 갑자기 변하면 죽는다는 말도 있지 않은가.

한순자가 걱정을 이기지 못하고 결국 서진우의 방 앞으로 다가갔다.

딸깍.

문소리가 나지 않도록 조심하며 살짝 방문을 열었던 한순자의 눈에 책상 앞에 앉아 있는 서진우의 뒷모습이 보였다.

'설마… 공부하는 거야?'

낯설기 짝이 없는 서진우의 모습을 확인한 한순자가 당황했을 때였다.

"거기서 뭐 해?"

"에그머니나."

등 뒤에서 들려온 남편 서태호의 목소리를 듣고 한순자가 깜짝 놀랐다.

"당신, 언제 왔어요?"

"방금 왔지. 그런데 왜 그렇게 놀라?"

"그게… 따라와 봐요."

한순자가 입을 열어 대답하는 대신, 서태호의 팔을 이끌고 베란다로 향했다.

"갑자기 베란다는 왜 가자는 거야?"

"이거 좀 봐요."

한순자가 베란다에 놓인 상자를 열어 서태호에게 보여 주었다.

"당신도 진우가 이 포스터와 책들을 얼마나 애지중지했는지 알고 있죠?"

"이걸 왜 버렸어?"

"나도 몰라요. 장 보고 집에 돌아와 보니까 진우가 이걸 버렸더라고요."

"뭐, 이제 작가로서 재능이 없다는 사실을 깨달았나 보지."

"아직 끝이 아니에요."

"뭐가 끝이 아니란 거야?"

"놀랄 일이 이게 다가 아니라고요. 진우가… 글쎄 우리 진우가 지금 방에서 공부를 해요."

"뭘 한다고?"

"공부요."

"확실해?"

"내가 봤다니까요."

이번에는 서태호도 놀랐다.

그동안 공부와는 아예 담을 쌓다시피 하고 살았던 서진우가 하교한 후 방에서 공부를 하고 있다는 것.

무척 놀라운 소식이었다.

비로소 아까 한순자가 호들갑을 떨던 것이 비로소 이해가
갔다.

"고3 되더니 이제 정신 좀 차린 건가?"

보일 듯 말 듯 한 미소를 지은 채 말하던 서태호가 아쉬운
표정을 지었다.

아들이 조금만 더 일찍 정신을 차렸더라면 좋았을 거라는
아쉬움이 못내 들었기 때문이었다.

              *   *   *

언어 영역, 수리 탐구 영역, 사회 과학 탐구 영역, 외국어 영
역.

수학 능력 시험의 영역은 총 네 파트였다.

'생각보다 쉬운데?'

언어 영역 파트의 문제를 다 풀고 난 후, 내가 떠올린 생각
이었다.

'역시 수학은 어렵네.'

수리 탐구 영역 파트 시험을 다 본 후, 떠올린 생각이었
고.

'절망적이다!'

다음으로 사회 과학 탐구 영역 파트 시험을 본 후에는 절망
감을 느꼈다.

'내가 영어를 이렇게 잘했나?'

그래도 죽으란 법은 없었다.

사회 과학 탐구 영역 파트 문제를 풀고 절망했던 난 외국어 영역 파트 문제를 풀고 난 후 다시 희망을 엿봤다.

"백 점은 넘을 것 같은데?"

모의시험을 다 보고 난 후 난 최소 백 점을 넘길 수 있을 거라고 판단했다. 그러나 확실한 것은 채점을 해 봐야 알 수 있었다. 그래서 기지개를 한 번 크게 편 후, 바로 채점에 돌입했다.

"어, 어, 이거 왜 이래?"

언어 영역 파트를 채점하던 도중 깜짝 놀랐다.

내 예상과는 전혀 다른 결과가 나왔기 때문이었다.

"생각보단 나쁘지 않지만, 아직 갈 길이 멀다!"

수리 탐구 영역 파트를 채점할 때는 절로 한숨이 나왔다.

"하아, 찍어도 이보단 더 많이 맞히겠다."

사회 과학 탐구 영역 파트를 채점할 때는 한숨이 더욱 깊어졌다.

"이건 또 뭔 일이야?"

마지막으로 외국어 영역 파트를 채점할 때는 또 한 번 놀랐다.

"보자, 언어 영역이 46점, 수리 탐구 영역이 32점, 사회 과학 탐구 영역이 12점, 그리고 외국어 영역이 38점? 그럼 총점이… 128점?"

직접 시험을 보고 채점까지 했던 나 스스로도 믿기 힘들 정도로 고득점이었다.

오죽했으면 내가 총점 계산을 잘못한 게 아닌가 싶어서 몇 번이나 다시 계산해 봤을까.

그렇지만 계산이 틀렸던 것이 아니었다.

내가 받은 점수는 200점 만점에 128점이 맞았다.

믿기 힘든 결과 앞에서 이유를 고민하던 내가 한참 만에 혼잣말을 꺼냈다.

"엄마 말대로 진짜 내 머리가 좋은 건가?"

혼란스러운 상황 속에서 내가 찾아냈던 답은 틀렸다.

내 머리는 좋지 않다.

만약 엄마 말처럼 내 머리가 엄마를 닮아서 좋았다면 간신히 100점을 넘긴 성적표를 받아 들고 상춘대학교에 입학하지 않았을 테니까.

예전과 다르게 내가 고득점을 거둔 데는 분명히 어떤 이유가 있을 것이었다.

고민을 거듭한 끝에 난 마침내 그 이유를 찾아낼 수 있었다.

"언어 영역 점수가 높게 나온 것은 책을 많이 읽어서일 거야."

영화 제작자로 일하는 동안 시나리오 책은 신물이 날 정도로 읽었다. 그리고 시나리오 책만 읽은 게 아니었다.

원작 판권을 구입할 만한 재밌는 작품을 찾기 위해서 소설 책도 열심히 읽었다.

그 과정에서 자연스레 독서 능력과 속독 능력이 향상된 것이었다.

"수리 영역 점수가 높게 나온 것은… 미드 때문일 거야."

'크리티컬 넘버스'라는 미국 드라마.

나의 최애 미드 중 하나였다.

수학 천재인 하버드대 교수가 수학을 이용해서 사건을 해결하는 것이 주된 내용인 '크리티컬 넘버스'는 시즌5까지 나왔고, 난 각 시즌별 에피소드들을 최소 열 번씩은 봤다. 그리고 거기서 끝이 아니라 이 미드를 영화로 제작하고 싶다는 욕심에 영화 판권까지 구입했었다. 하지만 아쉽게도 '크리티컬 넘버스'는 영화로 제작되지 못했다.

작가들에게 시나리오 의뢰를 했지만 어려운 수학과 관련된 내용이란 이야기를 전해 듣자 손사래를 치며 열이면 열 다 작업을 거절했기 때문이었다.

비싼 판권료를 지불한 것이 아까워서 최후의 수단으로 내가 직접 시나리오 작업을 시작했지만, 나 역시 어려운 수학의 벽 앞에서 포기를 선언했다.

어쨌든 중요한 것은 '크리티컬 넘버스'가 이런 이유로 영화로 제작되지 못했다는 것이 아니었다.

'크리티컬 넘버스'의 영화 시나리오를 직접 쓰는 과정에서 내가 학창 시절에도 안 했던 수학 공부를 열심히 팠다는 게 중요했다.

그 공부 덕분에 수리 영역에서 고득점을 올린 것이고.

"수학은 어렵지 않습니다. 수학은 기본적으로 암기 과목이거든요."

'크리티컬 넘버스'의 주인공이 했던 대사가 맞았다.

어느 단계까지의 수학은 암기 과목이었다.

"공식만 다시 확실히 외우면 점수가 더 올라갈 거야."

문제는 사회 과학 탐구 영역이었다.

"형편없네."

50점 만점에 12점을 받았으니, 찍는 것과 별반 차이가 없을 정도였다.

그렇지만 이런 형편없는 결과가 나온 것이 어쩌면 당연했다.

사회 과학 탐구 영역은 완벽한 암기 과목.

고등학교 졸업을 하고 20여 년 넘게 시간이 흘렀으니, 제대로 기억이 나는 게 있을 리 없었다.

"이건 노력으로 해결할 수 있어."

내가 가장 놀란 것은 외국어 영역 점수였다.

50점 만점에 38점.

막연히 예상했던 것보다 훨씬 높은 점수를 받았기 때문이었다.

"귀가 트였다."

듣기 평가에서 만점을 받을 수 있었던 이유는 영화를 많이 본 덕분이었다.

자막이 있는 영화는 물론이고 자막이 없는 영화도 워낙 많이 보다 보니, 자연스레 귀가 트인 것이었다.

또 영단어 실력이 늘며 자연스레 독해 능력도 늘어 있었다.

내가 틀린 문제들은 주로 문법과 관련된 문제들이었다.

"문법 위주로 조금만 공부하면 점수를 더 올릴 수 있을 거야."

각 파트별로 보완할 방법을 찾은 후, 나는 본격적으로 공부를 시작했다.

시간은 빠르게 흘렀고, 고3이 된 후 치른 첫 전국 수학 능력 시험 모의고사의 성적표가 나오는 날이 됐다.

*   *   *

성적표가 배부되기 직전, 교실 분위기는 긴장감이 흘렀다.

고3이 되고 난 후 처음 치른 수학 능력 시험 모의고사 성적과 실제 수학 능력 시험 성적이 크게 달라지지 않기 때문이었다.

즉, 이번에 받아 드는 성적표에 따라서 진학할 대학의 윤곽이 어느 정도 정해지는 것이었다.

인서울을 하느냐? 지방에 내려가느냐?

국립대를 가느냐? 사립대를 가느냐?

명문대에 진학하느냐? 못 하느냐?

각자 셈법은 달랐지만, 수학 능력 시험 모의고사 성적에 촉각을 곤두세우는 것은 모두 마찬가지였다.

드르륵.

그때, 교실 문이 열리고 담임인 김유성이 들어왔다.

딱딱하게 표정이 굳어 있는 김유성의 시선은 교실 안으로 들어설 때부터 줄곧 내 얼굴에 닿아 있었다. 그리고 난 눈치가 빠른 편이었다.

'잘 봤구나.'

김유성이 줄곧 나만 바라보고 있는 것을 통해서 내 모의고사 성적이 그를 당황케 만들었다는 사실을 알아챘다.

"예고했던 대로 오늘 모의고사 성적표가 나왔다. 기쁘게도 우리 반에서 전교 1등이 배출됐다."

"오!"

"오올!"

모의고사 전교 1등이 우리 반에서 배출됐다는 소식을 전해

들은 학생들이 일제히 고개를 돌려서 내 옆에 앉아 있는 안경수를 바라보았다.

당연히 안경수가 전교 1등을 차지했을 거라고 확신해서였다.

그 시선이 부담스러운 듯 안경수가 슬쩍 어깨를 움츠렸을 때였다.

"이번 모의고사 전교 1등은… 서진우다."

김유성이 이번 모의고사 전교 1등을 차지한 것이 바로 나라는 사실을 알린 순간, 교실이 소란스럽게 변했다.

"누구?"

"안경수가 아니라… 서진우?"

"헐, 대박!"

"오늘 만우절이냐?"

안경수가 전교 1등이 아니라는 것에 1차 충격.

안경수를 제치고 전교 1등을 차지했다는 것이 나라는 사실에 2차 충격.

반 아이들은 단체로 멘붕에 빠진 표정이었다.

'놀랄 만도 하지.'

2학년 때 마지막으로 치렀던 모의고사에서 내가 받은 점수는 104점이었다.

반 내 석차에서도 하위권.

그런데 고3이 되고 난 후 처음 치른 수능 모의고사에서 내가 반 1등도 아니고 전교 1등을 차지했으니. 놀라지 않는 게 오히려 이상한 일이었다.

솔직히 말하면 나도 좀 놀랐다.

'점수가 많이 올랐을 거야.'

각 영역별로 보완할 공부 방향을 정하고, 한눈팔지 않고 코피가 터질 정도로 열심히 공부했으니 모의고사 점수가 오르는 것이 당연지사였다.

다만 점수가 얼마나 오를지는 가늠하기 힘들었는데.

전교 1등을 차지했을 줄이야.

"성적표는 점수가 높은 순서대로 나눠 준다. 서진우, 앞으로 나와."

김유성이 가장 먼저 내 이름을 호명했다.

"자, 받아."

단상 앞에 도착하자, 김유성이 성적표를 내밀었다.

'몇 점을 받았으려나?'

전교 1등을 차지했다는 것은 알고 있었지만, 점수는 아직 모르는 상태였다.

그리고 내게는 전교 1등이라는 석차보다 점수가 더 중요했다.

해서 성적표를 받아들자마자 점수부터 확인하려 했을 때였다.

쫘악.

김유성이 내 뺨을 때렸다.

"왜… 때리십니까?"

아픈 것보다 분한 마음이 더 크다.

영문도 모른 채 뺨을 얻어맞았으니까.

성질 같아서는 확 들이받고 싶다.

그렇지만 김유성은 교사 신분이고, 난 학생 신분이다.

그 점을 떠올리며 이를 악물고 참고 있을 때, 김유성이 경멸의 눈초리를 던지며 입을 뗐다.

"몰라서 물어?"

"모르겠습니다."

"내가 교사 생활만 20년째다. 그런데 내가 커닝한 것도 모르겠어?"

'이거였구나.'

전교 1등을 차지한 장한 제자에게 칭찬을 해 주진 못할망정 김유성이 느닷없이 뺨을 후려갈긴 이유.

커닝을 의심해서였다.

아니, 내가 커닝을 했다고 확신했기 때문이었다.

반 석차 하위권이었던 내가 갑자기 전교 1등을 차지했으니 충분히 커닝을 의심할 수 있는 상황이었다. 그리고 나도 의심을 받을 것을 어느 정도 예상했다.

그렇지만 담임인 김유성이 다짜고짜 손찌검할 것까지는 예상치 못했다.

'2020년이 아니니까.'

교사가 학생에게 손찌검을 하는 것.

2020년에는 상상도 못 할 일이었다.

학생 인권이 강화되면서 체벌도 금지됐기 때문이었다.

그러나 지금은 1996년.

학교에서 체벌이 허용됐다.

"난 공부 못하는 새끼는 용서해도, 도둑놈 새끼는 절대 용서 못 해. 커닝도 엄연한 도둑질이야."

분이 덜 풀린 걸까.

김유성이 다시 손을 들어 뺨을 때리려 했다.

그러나 난 잘못한 것이 없는 상황.

순순히 뺨을 또 한 번 대 줄 생각은 없었다.

탁.

내가 팔을 들어 김유성의 손을 막았다.

"뭐야? 이 새끼, 지금 막은 거야?"

"네, 막았습니다."

"이 새끼가 건방지게……."

"아무리 생각해 봐도 맞을 만한 이유가 없어서요."

"뭐?"

"공부를 열심히 해서 시험 성적이 올랐는데 칭찬을 받긴커녕 뺨을 얻어맞는 것은 아닌 것 같습니다."

"도둑놈 새끼 주제에 칭찬?"

흥분한 김유성이 버럭 소리를 질렀지만, 난 침착하게 대꾸했다.

　"제가 커닝을 했다는 증거 있습니까?"

　"증거 있지. 반에서 항상 성적이 하위권이었던 놈이 갑자기 전교 1등을 하는 것, 내가 교사 생활 20년을 넘게 했지만 한 번도 본 적이 없다. 이건 커닝 빼고는 설명이 불가능해."

　"이상하지 않습니까?"

　"이상하긴 뭐가 이상해?"

　"선생님 말씀처럼 제가 커닝을 했다면 전교 1등을 하는 게 가능하겠습니까?"

　"뭐?"

　"제가 커닝을 했다면 커닝을 했던 누군가보다는 점수가 낮게 나오는 게 정상이지 않습니까?"

　내 날카로운 지적이 허를 찌른 탓일까.

　김유성의 말문이 일순 막힌다. 그리고 나와 김유성의 팽팽한 대치에 아이들의 관심도 일제히 쏠린다.

　"진우 말이 더 맞는 것 같지 않아?"

　"내 말이."

　"진우가 커닝할 성격은 아닌데."

　"누구 말이 맞는지 몰라도 겁나 흥미진진한데."

　웅성웅성.

교실이 소란스러워지자 김유성이 당황한다.

"다들 조용히 해. 그리고 이상한 말로 빠져나갈 생각하지 마. 딱 보면 알아. 넌 커닝한 게 맞아."

상황이 뜻대로 흘러가지 않자 김유성이 기대는 것은 교사의 권위다.

예전의 나였다면 교사의 권위에 굴복했으리라.

그러나 지금의 나는 다르다.

사회 경험이 쌓인 덕분에 부당한 상황을 맞닥트렸을 때, 어떻게 대처해야 할지 잘 알고 있다.

"증거는 없고 일방적인 주장뿐이시군요."

"뭐?"

"선생님은 제가 이번 모의고사에서 커닝을 했기 때문에 성적이 상승했다고 주장하고 계십니다. 그리고 저는 커닝을 하지 않았다고 주장하고 있습니다. 서로 주장이 엇갈리는 상황인데 증거는 양쪽 모두 없는 상황이죠. 그리고 판례에 따르면 양측의 주장이 엇갈리는 경우 피고인에게 유리한 방향으로 판결을 내리게 되어 있습니다."

"판례?"

갑자기 내가 판례를 언급할 것이라고는 꿈에도 예상치 못했던 김유성은 당황한 기색이 역력했다.

"야, 판례가 뭐냐?"

"나도 몰라."

"여기가 교실이냐? 법정이냐?"

"뭐가 뭔진 몰라도 담탱이가 밀리는 것 같지? 담탱이 당황한 거 보니 속이 다 시원하네. 그런데 서진우 말이야. 원래 저렇게 똑똑했냐?"

아이들이 술렁이는 소리가 다시 높아졌을 때, 내가 쐐기를 박았다.

"일방적 주장만 하지 마시고 증거를 찾아내십시오. 만약 선생님이 제가 커닝했다는 증거를 찾아내신다면 저도 승복하겠습니다. 그때는 자퇴를 하든 퇴학 처분을 받든 학칙에 따르겠습니다."

이쯤에서 합의를 봤으면 좋으련만.

교사로서의 자존심 때문인지 김유성은 순순히 물러나지 않았다.

"커닝한 증거를 찾으면 학칙에 따라 처벌을 받겠다고 네 입으로 말했다. 나중에 후회하지 마라."

김유성이 으름장을 놓았지만, 난 당당하게 대꾸했다.

"후회 안 합니다. 그리고… 이제 성적표 주시죠."

*   *   *

"오늘 성적표 나왔습니다."

고3이 된 후 첫 모의고사를 본 성적표가 나왔다는 사실을 공지하자, 아버지가 막 들었던 숟가락을 내려놓고 날 빤히 응시했다.

챙그랑.

엄마는 찌개 냄비 뚜껑을 열다가 다시 떨어트렸다.

'반응이 왜 이래?'

아직 전교 1등을 차지한 수학 능력 시험 모의고사 성적표를 보여 준 것도 아니었다.

단지 모의고사 성적표가 나왔다는 사실을 공지했을 뿐이었는데, 돌아온 부모님의 반응이 너무 격했다.

그로 인해 내가 의아함을 품었을 때, 누나 서주연이 두 눈을 동그랗게 뜬 채 입을 뗐다.

"웬일이야? 네가 성적표가 나왔다는 걸 먼저 이실직고하고. 내일은 해가 서쪽에서 뜨겠네."

서주연의 이야기를 들은 내가 쓴웃음을 머금었다.

예전의 나는 성적표가 나와도 부모님께 보여 주지 않았다.

형편없는 성적이었기에 매번 성적표를 감추기에 급급했었지.

이것이 부모님이 성적표가 나왔다고 이실직고한 것으로 인해 놀라신 이유였다.

"몇 점이냐?"

"182점입니다."

내가 담담한 목소리로 모의고사 점수를 밝히자, 가족들의 반응은 더욱 격해졌다.

"커닝한 것, 아니지?"

누나 서주연은 담임 김유성과 마찬가지로 커닝부터 의심했다.

"커닝이라니, 우리 진우가 어디 그럴 애니?"

엄마는 누나의 등을 철썩 때린 후 믿기지 않는 표정을 지었다.

"엄마가 제대로 들은 것 맞지?"

"네, 182점 받았습니다."

"어떻게… 그렇게 점수가 올랐어?"

내 손을 덥석 움켜쥔 엄마의 눈시울이 붉어졌다.

"밥상 앞에서 왜들 이리 호들갑이야?"

아버지는 그런 엄마의 반응에 언짢은 기색을 드러냈다.

엄마보다는 자식 교육에 관심이 덜한 아버지는 내가 이번 모의고사에서 182점을 받은 게 얼마나 대단한 일인지 감을 잡지 못한 듯했다.

"반에서 몇 등이냐?"

"일등입니다."

"일등… 이라고?"

내가 반 석차 1등이란 대답을 듣고서야 아버지도 놀란 반응을 드러냈다.

"전교에서도 1등입니다."

"……."

"이 성적을 유지한다면 연신대나 고원대 중상위권 학과에 합격하는 것이 가능합니다. 지방대 의과대학이나 한의학과에 합격하는 것도 가능하고요."

Chapter. 2

　현재 내 성적으로 합격이 가능한 대학들에 대한 정보를 알려 주자, 아버지는 더욱 충격을 받은 듯했다.

　"여보, 냉장고에서 소주 한 병 가져와."

　"네? 네."

　아버지가 반주를 하기 위해서 소주를 찾는 것을 확인한 내가 희미한 웃음을 머금었다.

　기분이 좋을 때만 아버지가 반주를 한다는 사실을 알고 있어서였다.

　'나쁘지 않네.'

　오랜만에 효도한 느낌이 그리 나쁘지 않다고 생각할 때, 누나가 물었다.

"진짜야?"

"그렇게 못 믿겠으면 성적표 보여 줄게."

내가 방으로 들어가서 가방에서 성적표를 꺼내서 돌아왔다.

언어 영역: 47점

수리 탐구 영역: 44점.

사회 과학 탐구 영역: 44점

외국어 영역: 47점.

총점: 182점

내가 건넨 성적표를 확인했음에도 누나는 믿기지 않는 표정이었다.

이미 대학을 다니고 있는 누나는 수능 모의고사 점수 10점을 올리는 것이 얼마나 어려운 일인가를 몸소 체험했다.

그래서 고2 마지막 모의고사 때 받았던 점수보다 무려 80점가량 점수가 올라가 있는 성적표를 눈으로 확인하고도 쉽게 믿지 못하는 것이었다.

'담임이 난리 칠 만했네.'

가족도 쉽사리 믿지 못하는데 피 한 방울 섞이지 않은 담임 김유성은 오죽할까.

솔직히 말하면 나 역시 성적표를 확인한 후 꽤 놀랐다.

막연히 점수가 오를 거라고는 예상했지만, 전교 1등을 차지할 정도로 점수가 확 뛸 것까지는 예상치 못했기 때문이었다.

어쨌든 성적이 예상 이상으로 많이 상승한 게 내 입장에서 나쁜 것은 아니다.

덕분에 한국대학교에 진학한다는 원래 목표보다 더 큰 목표가 생겼으니까.

"이제 시작입니다."

"응?"

"한국대학교에 진학하려면 아직 부족하니까요."

자식이 더 높은 목표를 세우고 앞으로도 공부에 열심히 매진하겠다는데 싫어할 부모는 세상에 없다.

그건 내 부모님도 마찬가지였다.

"우리 아들이 한국대학교 입학하면 동네잔치 한번 열어야겠다."

엄마가 기쁨을 주체하지 못하고 동네잔치를 공약으로 내걸었다.

"거, 설레발 좀 치지 마. 그렇게 설레발치면 될 일도 안 돼."

엄마에게 핀잔을 건넨 아버지가 뒷주머니에서 지갑을 꺼냈다.

"이걸로 사고 싶은 거 사고 먹고 싶은 것도 사 먹어."

만 원짜리 지폐를 다섯 장씩이나 꺼낸 아버지가 내 앞으로 내밀었다.

예전의 나였다면 이게 웬 떡이냐며 냉큼 챙겼으리라.

그러나 지금의 나는 다르다.

"필요한 게 없어요."

"그래도……."

"나중에 한국대학교에 진학하면 약속대로 제 부탁 들어주세요."

"오냐, 무슨 부탁인지는 모르겠지만 꼭 그렇게 하마."

아버지가 기꺼운 표정으로 꺼냈던 돈을 지갑 속에 다시 넣으려 할 때, 누나가 재빨리 손을 뻗었다.

"저는 감사히 받겠습니다."

넉살 좋게 오만 원을 낚아챈 누나를 아버지가 황당하게 바라보았다.

"꼭 필요한 곳에 요긴하게 쓰겠습니다."

그런 누나의 넉살에 아버지가 결국 웃음을 터트렸다.

웃음꽃이 피어 있는 우리 집 거실.

무척 낯선 풍경이지만, 무척 마음에 든다.

'이 행복을 놓치지 않겠다.'

수저를 들어서 엄마표 김치찌개를 떠먹으며 내가 각오를 다졌다.

*   *   *

"이번 모의고사에서도 전교 1등이 우리 반에서 배출됐다.

서진우, 앞으로 나와."

두 번째 모의고사 성적표를 나눠 주러 찾아온 담임 김유성의 표정.

지난번과는 다르다.

내가 커닝했다는 증거를 찾기 위함일까.

시험 감독관으로 나섰던 김유성은 일대일 밀착감시를 하는 것처럼 두 번째 수능 모의고사를 치르는 내내 내 곁을 떠나지 않았었다.

그럼에도 불구하고 내가 이번 모의고사에서도 전교 1등을 차지하자, 김유성은 더 이상 의심의 눈초리를 던지지 않고 있었다.

"잘했다."

김유성이 성적표를 앞으로 내밀며 칭찬했다.

성적표를 건네받아 점수를 확인하려는 찰나, 김유성이 내게만 들릴 정도로 작은 목소리로 덧붙였다.

"지난번에 괜히 의심해서 미안했다."

"신경 쓰지 않으셔도 됩니다."

오해가 풀렸으면 그걸로 충분했다.

지난번에 날 의심하고 손찌검까지 했던 것.

김유성에게는 일종의 마음의 빚으로 남아서 담임을 맡을 동안 내게 더 신경을 쓰면서 잘 대해 주리라.

'188점.'

잠시 후 자리로 돌아와 성적표에 찍힌 점수를 확인한 내가
두 눈을 빛냈다.

지난번 모의고사 때 받았던 점수가 182점.

그때보다 6점 더 오른 점수였다.

점수 상승 폭은 확 줄었지만, 그건 당연한 것이었다.

지난 모의고사에서 이미 고득점을 획득한 상황인 만큼, 점
수 상승 폭이 줄 수밖에 없었으니까.

'이제 상위 0.2% 안에 진입했어.'

182점을 획득한 첫 모의고사 당시, 내 성적은 전국 상
위 0.5% 안에 드는 성적이었다.

그런데 지금은 0.2% 안으로 진입해 있었다.

'연신대나 고원대 상위권 학과 안정권, 그리고 한국대 하위
권 학과 안정권.'

현재 내 성적으로 진학할 수 있는 대학과 학과를 가늠하던
내가 고개를 들었다.

"경수, 너 요새 어디 정신이 팔린 거야?"

성적순으로 모의고사 성적표를 배분해 주던 김유성이 안경
수를 걱정스레 바라보며 언성을 높였기 때문이었다.

'세 번째?'

안경수와 나는 고등학교 3년 동안 내내 같은 반이었다. 그
리고 내 기억이 틀리지 않다면 안경수는 고등학교 3년 내내
반에서 1등을 놓치지 않았었다.

그런데 오늘 성적표를 배분해 주는 김유성은 안경수를 세 번째로 호명했다.

안경수가 이번 모의고사에서 반에서 3등을 차지했다는 뜻.

"1, 2학년 때 잘한 건 아무 소용없어. 고3 때 성적이 제일 중요해. 그러니까 빨리 정신 차려."

김유성의 호통을 듣고 성적표를 들고 돌아오는 안경수는 잔뜩 풀이 죽어 있었다.

'그러고 보니 도통 수업 시간에 집중을 못 하는 기색이었 어.'

옆자리에 앉아 있어서 안경수가 수업에 제대로 집중하지 못 한다는 것을 눈치챌 수 있었다.

'뭐, 알아서 하겠지.'

잠시 흥미를 느꼈지만, 난 이내 고개를 흔들었다.

고3이 된 후 안경수의 성적이 갑자기 떨어진 것.

결국 본인이 해결해야 할 문제였기 때문이었다.

'내 앞가림이나 잘하자.'

성적표를 가방에 넣기 무섭게 난 책을 펼쳤다.

"이거 받아."

책상에 펼쳐 놓은 참고서 위에 올려져 있는 건 카세트테이프였다.

고개를 들자 익숙한 깻잎 머리가 보였다.

'이다예!'

예전에는 깻잎 머리의 이름을 기억하지 못했지만, 지금은 안다.

"뭐야?"

"진우, 네가 좋아할 만한 노래들만 골라서 녹음한 거야. 집에 가서 들어 봐."

'아, 추억 돋는다.'

2020년에는 카세트테이프를 찾아보기 극히 힘들다.

노래를 들을 때 음원 사이트에서 스트리밍하는 것이 대부분이기 때문이다.

CD도 멸종되다시피 했는데, CD의 아버지뻘인 카세트테이프는 오죽할까.

그것도 그냥 카세트테이프가 아니었다.

공테이프에 라디오에서 나오는 노래들을 직접 녹음한 것이었다.

"그리고… 네가 더 좋아졌어."

이다예가 이마에 딱 붙은 깻잎 머리를 손으로 꾹꾹 누르며 꺼낸 말을 들은 내가 황당한 표정을 지었다.

학기 초에 영화를 보자는 제안을 차갑게 거절했는데, 오히려 내가 더 좋아졌다는 고백을 하는 게 잘 이해가 가지 않아서였다.

"왜 내가 더 좋아졌는데?"

내 질문에 이다예가 대답했다.

"솔직히 말하면 이제부터 공부하겠다는 네 말을 안 믿었어. 그런데 진짜였더라. 네가 전교 1등 했다는 이야기 듣고 더 멋있어 보였어. 자기가 한 말을 지키는 남자가 원래 멋진 법이거든."

하여간 여자들의 마음은 알 수가 없었다. 그리고 이다예에게는 미안하지만, 난 연애를 할 여유가 없을 정도로 무척 바쁘다.

난 너와 노닥거리면서 감정 낭비할 시간 없다. 그러니까 빨리 꺼지라고 소리치려다가 그만두었다.

여자가 한을 품으면 오뉴월에도 서리가 내린다는 속담이 떠올라서였다. 그리고 꼭 그 속담 때문만은 아니었다.

'적을 만들 필요는 없지.'

오랜 사회생활 경험에 의하면 적을 만드는 것은 멍청한 짓이었다.

"다예야."

"응."

"난 너와 대학에 가서 정식으로 만나고 싶어."

"대학에… 가서?"

"그래. 내 꿈은 CC거든."

"CC? CC가 뭔데?"

"캠퍼스 커플(Campus Couple)의 약자야. 그러니까 같은 대학에 다니면서 공부도 같이하고 연애도 하는 연인을 캠퍼스 커플이라고 하는 거야."

"아, 이해했어. 같은 대학에 가서 사귀자는 거지?"

"맞아."

"그럼 캠퍼스 커플 하자. 약속한 거야?"

"그래, 약속했어."

이다예가 환하게 웃으며 떠났다.

자신의 고백이 받아들여졌다고 생각하는 것이리라.

그러나 반대다.

난 한국대학교에 진학할 것인데, 반에서도 성적이 하위권인 이다예가 한국대학교에 진학하는 것은 불가능했다.

즉, 난 그녀의 고백을 완곡히 거절한 것이다.

'이게 완곡한 거절이었다는 사실을 언제쯤 알아채려나?'

피식 웃은 내가 다시 참고서로 시선을 던졌다. 그러나 얼마 지나지 않아서 다시 참고서에서 시선을 뗄 수밖에 없었다.

"이 새끼, 내 말 안 들려?"

험악한 목소리가 옆에서 들렸기 때문이었다.

"왜 이래?"

안경수가 기죽은 목소리로 대꾸하자, 정병무가 환하게 웃었다.

"이 새끼, 다 듣고 있었네. 그런데 내 말을 계속 쌩까셨어요?"

정병무가 주머니에서 구겨진 천 원짜리 지폐를 꺼내서 안경수의 책상 위로 던지며 말했다.

"가서 크림빵 세 개랑 우유 세 개만 사 와. 거스름돈 꼭 챙겨 오고."

"…네가 가서 사 먹어."

"뭐?"

"그리고 천 원으로 크림빵 세 개와 우유 세 개를 사는 것은 불가능하고, 거스름돈을 챙겨 오는 건 더 불가능해."

안경수가 옳은 말을 했지만, 정병무의 화만 돋웠을 뿐이었다.

"이 새끼 이제 맛대가리 가서 계산도 못 하네. 그리고 그동안 공부 잘한다고 봐줬더니 바락바락 기어올라?"

"그런 게 아니라……."

안경수는 원래 하려던 말을 끝마치지 못했다.

퍽.

정병무가 가슴을 걷어차 바닥에 쓰러졌기 때문이었다. 그리고 바닥에 쓰러진 건 끝이 아니라 시작이었다.

"문 닫아!"

정병무가 소리친 후 안경수의 멱살을 잡아 들어 올린 후 주먹을 날렸다.

퍽.

코피가 터진 안경수가 다시 바닥에 쓰러졌다.

"후우."

그 모습을 지켜보던 내가 한숨을 내쉬었다.

되도록 고등학교를 졸업할 때까지는 남의 일에 신경을 쓰지 않으려고 했다.

하지만 이번만큼은 그냥 수수방관할 수가 없었다.

어설픈 정의감의 발로가 아니었다.

내가 나서기로 결심한 데는 분명한 이유가 있었다.

'나 때문이야.'

내 기억 속 안경수는 모범생이었다.

반에서 1등을 놓치지 않았던 안경수는 학교 폭력의 피해자와는 거리가 멀었다.

선생님들의 기대와 관심을 한몸에 받았었기 때문이었다.

그런데 회귀한 내가 반에서 1등은 물론이고, 전교 1등까지 차지하는 바람에 안경수는 선생님들의 관심 순위에서 뒤로 밀렸다.

그로 인해 정병무가 새로운 타깃으로 안경수를 정한 것이었고.

안병수가 나 때문에 학교 폭력의 피해자가 되어 인생이 꼬일 위기에 처한 것을 안 이상 그대로 내버려 둘 수는 없었다.

*   *   *

'열 명의 적을 만드는 한이 있더라도 좋은 친구 한 명을 얻

는 편이 나은 법이야.'

공부만 하면서 고3 생활을 마무리하는 것.

조금 아쉽다는 생각을 내심 갖고 있었는데.

이번 기회에 머리가 똑똑한 안경수라는 좋은 친구를 얻는 것도 괜찮을 것이란 생각이 들었다.

어쨌든 수수방관하지 않고 직접 나서기로 한 이상, 일 처리는 확실하게 해야 했다.

그런 내가 떠올린 것은… 황수복의 얼굴이었다.

황수복은 조직폭력배였다.

그 바닥에서는 나름 유명 인사.

영화 제작자였던 내가 조직폭력배인 황수복을 만난 것은 영화사 월광에서 제작 준비 중이었던 '의리의 시대'라는 작품 때문이었다.

'의리의 시대'는 어둠의 세계에 몸담은 조직폭력배들의 의리와 배신, 꿈, 그리고 사랑과 관련된 영화였다.

그 작품을 준비하는 과정에서 취재차 조직폭력배로 활동했던 황수복을 만났었다.

투자 유치에 실패하면서 '의리의 시대' 제작은 무산됐지만, 현직 조폭인 황수복을 만나서 나누었던 대화는 무척 인상적이었다.

"감독 양반, 내가 싸움을 잘하느냐 물었지요? 잘합니다. 조폭 생활 중 다이다이로 붙어 갖고는 한 번도 안 졌으니까. 어찌하면 이길 수 있느냐고? 이거 참 설명하기 곤란한데. 보자, 난 싸우기 전에 딱 세 가지만 생각합니다. 눈까리에 힘 팍 주고 노려봐서 기부터 꺾어 놓은 다음에 주둥아리 놀리는 새끼 면상에 주먹 꽂아 넣고, 다시는 내한테 못 덤비게, 아니, 내 이름만 들어도 경기를 할 정도로 확실하게 밟아 버려요. 그러믄 대부분 끝나더라고."

황수복은 남의 말에 귀 기울이는 편이 아니었다.

내가 영화감독이 아니라 영화 제작자라고 몇 차례나 밝혔음에도 불구하고 만남이 끝날 때까지 날 감독 양반이라고 불렀으니까.

그렇지만 알아듣기 쉽게 설명은 잘하는 편이었다.

황수복이 싸울 때 이기는 방법으로 알려 준 이야기의 핵심은 크게 셋이었다.

기세, 선빵, 그리고 확실한 마무리.

황수복이 상대했던 것은 현역 조직폭력배들이었다.

그런 그들에게도 통했던 방법.

고등학생에 불과한 정병무에게 통하지 않을 리 없었다.

드르륵.

자리를 박차고 일어난 내가 의자를 허공에 들어 올렸다.

그런 날 발견한 안경수가 놀라서 두 눈을 부릅떴고, 뭔가 이상함을 느낀 정병무가 고개를 돌렸다.

정병무와 눈이 마주친 순간, 난 두 눈에 힘을 꽉 줬다.

단순히 힘만 준 게 아니었다.

"감독 양반도 죽이고 싶은 인간 하나쯤은 있지 않소? 그 죽이고 싶은 인간을 만났다고 여기고 노려보시오."

황수복의 예상대로 나도 죽이고 싶은 인간이 여럿 있었다.

그중 내가 떠올린 것은 한정우다.

한정우가 불미스러운 사건을 저지른 탓에 내가 인생을 걸고 공들여 준비했던 영화 'Daddy'가 빛 한 번 제대로 못 보고 사장됐으니까.

정병무와 한정우의 얼굴이 겹쳐진 순간이었다.

"너 왜 그래?"

정병무가 당황한 기색으로 덧붙였다.

"미쳤어? 의자는 왜 들고……?"

그러나 정병무는 질문을 끝마치지 못했다.

부웅.

내가 의자를 휘둘러 선빵을 날렸기 때문이었다.

퍼억.

본능적으로 머리를 보호하기 위해 양팔을 들어 올렸던 정병무가 어깻죽지 부근에 의자로 얻어맞은 충격을 이기지 못하고 쓰러졌다. 그리고 난 기회를 놓치지 않고 달려들어 정병무의 가슴 위에 올라탔다.

퍽, 퍽, 퍽.

긴말은 필요 없다.

지금은 확실한 마무리가 필요한 때다.

"그만, 그만해, 제발 그만하……."

어느새 얼굴이 피투성이로 변한 정병무가 제발 그만하라고 애원조로 소리쳤지만, 난 주먹질을 멈추지 않았다.

두 번 다시 내 눈도 못 마주칠 정도로 철저하게 밟아 놓기 위해서였다.

퍽, 퍼억.

"지금 뭣들 하는 거야?"

그런 내가 주먹질을 멈춘 것은 싸움이 벌어졌단 소식을 전해 들은 담임 김유성이 교실로 뛰어들어 오고 난 후였다.

＊　　　　＊　　　　＊

도면을 확인하고, 기계를 조작해 쇠를 절단할 준비를 한다.

도면에 나와 있는 대로 기계에 수치를 정확히 입력했다는 것을 마지막으로 확인한 후, 기계의 버튼을 누른다.

까아아아앙.

쇠가 잘려 나가는 굉음과 함께 불꽃이 튄다.

단순 작업이지만, 긴장을 늦출 수는 없다.

기계 오작동으로 불량이 발생할 수도 있고, 방심하면 언제든지 인명 사고가 발생할 수도 있기 때문이다.

절단 작업이 끝나 가는 것을 집중해서 지켜보고 있을 때, 누군가 어깨를 두드렸다.

고개를 돌린 서태호의 눈에 부하 직원인 김진혁이 손을 입으로 가져가는 행동을 반복하며 식사 시간이 됐음을 알리는 게 들어왔다.

서태호가 절단 작업을 끝낸 기계를 끄고 몸을 돌리자, 김진혁이 질문했다.

"안 힘드세요?"

"힘들지. 안 힘들 리가 있겠어?"

"아닌 것 같은데요. 젊은 저보다 힘이 넘치시는 것 같으세요. 콧노래도 계속 흥얼거리셨고요."

"내가 콧노래를 흥얼거렸어?"

"네. 혹시 무슨 좋은 일 있으세요?"

회사 내 식당으로 향하던 도중 김진혁이 무슨 좋은 일이 있느냐고 물었다.

그 질문을 받은 서태호의 입가에 미소가 머금어졌다.

"좋은 일, 있지."

"무슨 일인데요?"

"내 아들 진우가 전교 1등을 했어."

"에, 아드님이 전교 1등요?"

"그래."

"혹시 아드님이 또 있으셨어요?"

"응? 그게 무슨 소리야?"

"지난번 회식 때 아드님이 공부를 안 해서 대학이나 갈 수 있을지 모르겠다고 말씀하셨잖아요?"

"나한테 아들은 하나뿐이야."

"그럼……?"

"그 녀석이 정신 차리고 공부하더니 전교 1등을 했어."

김진혁은 쉬이 믿기지 않는 표정이었다. 그러나 서태호는 그런 김진혁을 탓하지 못했다.

"한국대학교에 진학하겠습니다."

고3이 되기 직전, 아들 서진우가 했던 선언을 듣고 코웃음을 치며 안 믿었던 것은 서태호도 마찬가지였기 때문이었다.

그런데 서진우는 본인이 한 말을 지킬 기세였다.

고3이 된 후 치른 두 차례 모의고사에서 잇따라 전교 1등을 차지한 것이 서진우가 목표에 근접하고 있다는 증거였다.

그런 서진우 생각만 떠올려도 기분이 좋았다.

또, 힘이 불끈 솟았다.

그래서 힘든 일을 하면서도 힘든지 모르고 콧노래까지 흥얼거린 것이었다.

"전교 1등이면 엄청 공부 잘하는 거잖아요. 이러다가 아드님이 대한민국 최고 대학인 한국대학교에 입학하는 것 아닙니까?"

"그럴 거야."

"네?"

"자기 입으로 한국대학교에 가겠다고 밝혔으니까. 그 녀석이 날 닮아서 자기가 한 말은 꼭 지키는 편이거든."

"아드님이 한국대학교 입학하면 한턱 쏘셔야 합니다."

"한턱만 쏠까? 열 턱도 쏠 수 있어."

서태호가 아들 진우를 떠올리며 팔불출 같은 웃음을 머금었을 때였다.

삐삐삐삐, 삐삐삐삐.

허리에 차고 있던 삐삐가 울렸다.

낯선 번호가 떠 있는 것을 확인한 서태호가 김진혁에게 말했다.

"먼저 가서 먹고 있어. 난 이것 좀 확인하고 갈게."

"넵, 빨리 다녀오세요."

서태호가 회사 내에 설치된 공중전화로 가서 삐삐에 도착한 번호로 전화를 걸었다.

*   *   *

내가 거의 일방적으로 정병무를 폭행한 상황.

예전의 나였다면 김유성은 일단 매부터 들었을 것이었다.

"왜 그랬니?"

그러나 날 면담실로 부른 김유성은 매를 들지 않았다.

대신 호의가 가득 담긴 목소리로 내게 질문했다.

'역시 공부는 잘하고 봐야 해.'

학생은 공부를 잘해야 한다는 것.

만고불변의 진리였다.

상위권 대학에 몇 명의 학생을 입학시키느냐에 따라서 학교의 수준이 결정됐다.

특히 한국대학교 입학자를 몇 명이나 배출시키느냐는 학교 입장에서 무척 중요한 문제였다. 그리고 나는 현재 전교 1등으로, 동명 고등학교 고3 재학생 가운데 한국대학교 입학에 가장 근접해 있다.

그러니 담임인 김유성만 아니라 교감, 아니, 교장 선생님까지 나서서 내가 연루된 이번 폭력 사태를 조용히 무마시키려 할 터였다.

"경수 때문이었습니다."

"경수라면… 안경수?"

"네. 선생님도 경수 성적이 갑자기 떨어졌다는 것, 아시죠?"

"당연히 알지."

"그럼 그 이유가 병무 때문인 것도 알고 계셨어요?"

"응? 그게 무슨 소리냐?"

"병무가 경수를 괴롭혔습니다. 그래서 경수가 공부에 집중하지 못한 탓에 성적이 떨어진 것이고요."

"진짜 그런 일이 있었어?"

김유성은 깜짝 놀란 표정을 지었다.

잠시 후, 그의 안색이 흙빛으로 변했다.

고3이 된 후, 안경수의 성적이 좀 떨어졌다고 하더라도, 그역시 명문대 진학이 유력시되는 동명 고등학교의 귀한 자산이었다.

그런데 안경수가 학교 폭력 피해 때문에 성적이 떨어졌단 사실을 담임인 본인이 전혀 몰랐다는 것이 김유성이 당황한 이유였다.

"그런 일이 있었다면 나한테 먼저 알렸어야지."

김유성이 날 질책했다.

"죄송합니다. 거기까지는 생각을 못 했습니다."

"후우, 일단 알았다. 그러니까 진우 너는 병무가 경수를 괴롭히는 것을 보고 참지 못하고 나섰다는 거지?"

"네."

"너 말고 병무가 경수를 괴롭히는 걸 본 사람이 있어?"

"우리 반 애들 다 봤습니다."

"그래?"

김유성이 뿔테 안경을 추켜올리며 생각에 잠긴다.

머릿속으로 이 상황을 수습할 방안을 찾고 있을 것이다.

'병무가 경수를 괴롭히는 것을 본 목격자는 차고 넘치는 상황. 병무 부모님 배경이 대단한 것도 아니니까 수습이 어렵지는 않을 거야. 그럼… 치료비 부담해 주는 선에서 수습이 되겠네.'

내 생각이 거기까지 미쳤을 때였다.

"진우야."

"네, 선생님."

"아무래도 부모님 중 한 분은 모셔 와야 할 것 같다."

이것 역시 내 예상 범위 안에 있던 시나리오였다.

부모님 중 누구를 학교로 부르느냐?

내 선택은 아버지였다.

가뜩이나 심장이 약한 편인 엄마가 충격을 받는 것이 우려됐기 때문이었다.

"알겠습니다. 바로 연락드리겠습니다."

이런 일은 질질 끌어서는 안 된다.

이번 폭력 사태를 조용히 수습하려는 선생님들과 아버지가 머리를 맞대고 빨리 해결하는 것이 최선이다.

"많이 실망하시겠네."

유일하게 마음에 걸리는 것은 아버지께 실망을 안겨 드리는 것이다.

                *   *   *

반차를 내고 학교로 찾아온 아버지는 교장선생님, 그리고
담임인 김유성을 만났다.

내가 면담실에서 대기한 지 한 시간쯤 지났을 때, 담임 김
유성과 아버지가 면담실 안으로 들어왔다.

"진우가 잘못한 건 별로 없으니까 너무 혼내지 마십시오.
그리고 아까 말씀드린 대로 잘 수습하고 있으니까 걱정하
실······."

"선생님."

김유성의 말을 아버지가 도중에 잘랐다.

내가 대기하고 있던 비좁은 면담실을 못마땅하게 둘러보던
아버지가 입을 뗐다.

"우리 진우가 죄를 지은 건 아니지 않습니까?"

"네? 네."

"그런데 왜 감옥 같은 여기에 대기하게 한 겁니까?"

"그건⋯ 죄송합니다. 제가 경황이 없어서 거기까진 미처 신
경을 못 썼습니다. 답답하고 불편하시면 편하신 곳에서 진우
와 말씀 나누셔도 됩니다."

"가자."

"네?"

"거기 죄인처럼 앉아 있지 말고 밖으로 나가자고."

　　　　　*　　　　　*　　　　　*

아버지의 재촉을 받고서 내가 일어섰다.

앞장서서 걸어가는 아버지를 따라 면담실을 나서던 내가 느낀 것은 낯설다는 감정이었다.

못난 자식을 둔 탓일까.

진학 상담을 하기 위해서 학교를 방문하셨던 부모님은 담임 김유성 앞에서 죄인처럼 어깨를 늘어트리고 고개를 숙이셨다.

그런데 오늘 아버지는 달랐다.

담임 김유성의 앞에서도 당당하셨다.

그런 아버지와 난 야외 휴게실에 마주 앉았다.

"죄송합니다."

상황과 의도가 어찌 됐든 정병무에게 폭력을 행사한 것은 나였다.

그런 내 그릇된 행동으로 인해 아버지는 학교에 불려와 계신 것이었고.

해서 내가 사과를 하자, 아버지가 못마땅한 듯 미간을 찡그렸다.

"왜 사과를 해?"

"네?"

"사과는 잘못한 사람이 하는 거야."

"……."

"네 담임 선생님에게 자초지종을 들었다. 괴롭힘을 당하는 친구를 돕기 위해서 싸웠던 거라면서?"

"네."

"잘했다. 만약 진우 네가 그런 모습을 보았음에도 불구하고 모른 척 나서지 않았다면 오히려 실망했을 거다."

"하지만……."

"하지만 뭐냐?"

"저 때문에 학교에 불려 오셨잖아요."

"그게 어때서? 덕분에 아들이 다니는 학교도 찾아와 보고 나쁘지 않았다."

"아버지."

"진우야, 내 말 잘 들어라. 넌 아직 학생이야. 사과를 해도 애비인 내가 하고, 책임을 져도 애비인 내가 질 거야. 그러니까 넌 지금처럼 어깨 쫙 펴고 당당하게 행동해. 나와 네 엄마가 네 뒤에 있다는 것, 항상 잊지 말고."

'우리 아버지가… 이렇게 멋진 분이셨나?'

예전에는 몰랐던 사실이었다.

정리 해고, 알코올 의존자, 실패한 인생.

아버지를 생각하면 퍼뜩 떠오르는 것들이었다.

그래서 아버지를 무척 원망했었는데.

이렇게 멋진 아버지를 오랫동안 원망했던 것이 미안해질 지경이었다.

"네, 잊지 않겠습니다."

내 대답이 마음에 드는 듯 아버지가 기꺼운 표정을 지었다.

"그럼 이만 일어나자."

"네."

"참, 하나 빠트린 게 있는데… 고맙다."

"네?"

"공부 잘하는 아들 있으니까 좋네. 아빠 어깨가 쫙 올라간 것, 보이지?"

껄껄 웃은 아버지가 한마디를 더했다.

"한국대학교 가겠다고 했던 약속, 꼭 지켜 주면 좋겠다. 그럼 아빠 어깨에 힘이 더 들어갈 테니까."

*   *   *

교칙대로라면 정학 이상의 처분을 받아야 했다. 그렇지만 교장 선생님이 직접 나서서 수습한 덕분에 정병무의 치료비를 아버지가 부담하는 선에서 상황은 마무리됐다.

그리고 황순복의 말대로였다.

제대로 박살이 난 정병무는 학교로 돌아온 후, 내게 시비를 걸지 않았다.

아예 시선조차 마주치려 들지 않았다.

다시 평온한 학교생활이 이어지던 어느 날, 하교하려는 내 앞을 안경수가 막아섰다.

"저기… 떡볶이 먹으러 같이 안 갈래?"

안경수가 어렵게 꺼낸 제안.

"싫은데."

"응? 응."

"라면 사 주면 같이 먹을게."

내가 씩 웃으며 덧붙이고 나서야 안경수의 입가에도 미소가 번졌다.

학교 앞 분식집에서 둘이서 라면을 먹었다.

내가 라면을 거의 다 먹었을 때, 안경수가 질문했다.

"학원은 어디 다녀?"

"학원 안 다니는데."

"아, 그럼 과외 하는구나."

"과외도 안 해."

내 대답을 들은 안경수가 놀란 표정을 지었다.

"학원도 안 다니고 과외도 안 하는데 어떻게 성적이 그렇게 오를 수 있는 거야?"

"내가 엄마 닮아서 머리가 좋거든."

농담인지 진담인지 분간을 못 하고 빤히 바라보고 있는 안경수의 반응을 확인한 내가 다시 입을 뗐다.

"우리 엄마한테 이른다."

"응?"

"우리 엄마 머리 좋다는 말을 네가 안 믿었다고. 미리 말해두지만 우리 엄마 뒤끝 쩌시는 분이다."

그제야 농담이란 사실을 알아챈 안경수가 하얀 이를 드러내며 웃기 시작했다.

"내가 왜 널 도와줬는지 궁금해서 찾아온 거지?"

젓가락을 내려놓으며 질문하자 안경수도 손에 들고 있던 젓가락을 내려놓은 후 고개를 끄덕였다.

"응, 궁금했어. 그리고 고맙기도 했고."

"그래서 고작 라면으로 퉁치려고?"

"그게 아니라……."

"라이벌이 없어지는 게 싫어서 도와준 거야."

"무슨… 뜻이야?"

"내가 유일하게 인정하는 라이벌이 너거든. 그런데 라이벌이 사라지면 남은 학교생활이 너무 재미가 없을 것 같았거든."

"진우야."

"넌 꿈이 뭐야?"

"내 꿈은… 의사야."

안경수가 꺼낸 의사가 꿈이라는 대답을 들은 순간, 예전 참석했던 동창회에서 안경수가 정형외과 의사가 됐다는 이야기를 들었던 것이 뒤늦게 떠올랐다.

그런 나는 안경수가 의사라는 꿈을 밝히기 전에 잠시 머뭇거린 것을 놓치지 않고 다시 질문했다.

"왜 의사가 되려는 거야? 의사 가운 입은 모습이 멋있어서? 아니면, 돈을 많이 벌 수 있어서?"

"그게 아니라… 엄마가 의사가 되라고 하셨어."

"왜 의사가 되라고 하신 거야?"

"내가 꿈이 없으니까."

"의사 말고 검사는 어때?"

"검사? 왜 검사가 되라는 거야?"

"나중에 검사 친구 덕 좀 보려고."

"……?"

"친구 중에 검사가 있으면 좋다고 아버지가 말씀하셨거든. 나한테 빚도 졌는데 나중에 모른 척하는 건 아니지? 네 어머니도 의사나 검사나 다 같은 사 자 직업이니까 싫어하시지는 않을걸."

안경수가 대답 대신 두 눈을 빛내기 시작했다.

"병무, 밉지? 그런데 맞서 싸우긴 무섭지?"

"응? 응."

"내가 좋아하는 무협 영화 대사 중에 장부의 복수는 십 년도 길지 않다는 대사가 있어. 이게 무슨 뜻이냐면 인생이 길다는 의미야. 지금은 학생이지만, 십 년 후에 다시 병무를 만났을 때는 더 이상 학생이 아니라 같은 사회인이야. 그리고 사회에서는 싸움을 잘하는 걸로 승부가 가려지지 않아. 법이라는 게 엄연히 존재하니까. 그 법을 휘두르는 것이 바로 검사야. 어때? 검사가 돼서 보통 사람들을 괴롭히는 나쁜 놈들을 벌해 주고 싶지 않아?"

'꿈이 생겼네.'

안경수의 두 눈이 초롱초롱 빛나는 것을 확인한 내가 희미한 미소를 머금었다.

검사라는 꿈이 생겼으니 안경수는 더 이상 흔들리지 않으리라.

'검사 친구 하나 생겼네.'

역시 그때 돕기 위해 나서길 잘했다고 판단했을 때, 안경수가 내게 물었다.

"진우 넌 꿈이 뭐야? 너도 검사가 꿈이야?"

"내 꿈은 검사가 아니야."

"그럼 네 꿈은 뭔데?"

내가 물을 한 모금 마신 후 대답했다.

"내 꿈은 크리에이터야."

"크리에이터?"

"컬처 크리에이터가 되는 게 내 꿈이야."

*　　　　*　　　　*

길다면 길고 짧다면 짧았던 고3 수험생 기간도 막바지에 다다랐다.

D―1.

수학 능력 시험을 하루 앞둔 집 안은 절간처럼 조용했다.

집 안이 조용한 것은 오늘이 처음이 아니었다.

수학 능력 시험이 한 달 앞으로 다가온 시점부터 계속 조용했다.

수험생인 날 위한 가족들의 배려였다.

"이럴 필요 없다니까요."

내가 이렇게 배려를 할 필요가 없다고 누차 말했음에도 달라지는 것은 없었다. 그리고 수학 능력 시험이 불과 하루 앞으로 다가오자, 나도 긴장이 되기 시작했다.

194점.

고3 마지막 모의고사에서 내가 받은 점수였다.

고3이 되고 난 후 치른 모의고사에서 꾸준히 180점대 후반에서 190점대 초반의 점수가 나오고 있었다.

내일 수학 능력 시험을 치르는 과정에서 큰 실수를 범하지만 않는다면, 한국대학교 입학은 무난했다.

그럼에도 불구하고 내가 긴장한 이유는 새로운 목표가 생겼기 때문이었다.

내 새로운 목표는 수능 만점.

수능 만점을 새로운 목표로 설정한 이유는 안경수에게 밝했던 컬처 크리에이터라는 내 꿈을 달성하는 지름길이 될 수 있었기 때문이었다.

"매스컴이 주목할 거야."

일단 수학 능력 시험에서 만점을 받으면 매스컴의 조명을 받는다. 그리고 매스컴의 힘이 얼마나 큰지는 영화계에서 일했던 경험이 있던 내가 누구보다 잘 알고 있다.

물론 일반적인 경우에는 수능 만점을 받는다 해도 매스컴의 조명을 받는 기간이 짧다. 그러나 내 경우에는 특수성이 있다.

"스토리가 있거든."

고등학교 2학년 때까지 난 공부와 담을 쌓다시피 하며 살아왔다. 그러다가 고3이 되고 난 후, 내 성적은 급상승하기 시작했다.

고2 때까지 지방의 이름 없는 대학에나 간신히 합격이 가능할 정도로 형편없는 성적을 기록하던 내가 단 1년 만에 수능 만점이라는 쾌거를 획득했다는 사실이 매스컴을 통해서 알려진다면?

대중들의 주목을 끌기에 충분한, 기적과 같은 스토리였다.

그리고 수능 만점이란 새로운 목표는 달성 불가능한 목표가 아니었다.

"집중해서 실수만 줄이면 수능 만점도 가능해."

밤 10시가 넘은 것을 확인한 나는 억지로 잠을 청했다.

　　　　*　　　　*　　　　*

"비나이다, 비나이다, 부처님께 비나이다. 우리 진우가 떨지
않고 이번 수학 능력 시험에서 좋은 성적을 거둬서 원하는 대
학에 합격할 수 있도록……."

　한순자가 서진우가 수학 능력 시험을 치르는 학교 앞에서
양손을 모은 채 간절한 마음을 담아서 기도하고 있을 때였다.

"이제 그만."

　서태호가 마뜩잖은 표정을 지은 채 핀잔을 건넸다.

"교회 다니는 사람이 왜 부처님을 찾아?"

"하나님한테는 아까 기도 끝냈거든요."

"그러다가 부정 타."

"무슨 부정이 탄다는 거예요?"

"하나님도 빈정 상하고 부처님도 빈정 상하면 어쩔래?"

"당신도 걱정이 되기는 하나 보네요. 하긴 월차까지 내고
진우 시험장까지 찾아온 걸 보니 기대도 큰 것 같고. 기왕 여
기까지 왔으니 그렇게 멍하니 서 있지 말고 당신도 기도나 해
요."

"기도 안 해."

"왜 안 하는데요?"

"난 우리 진우를 믿거든."

서태호의 대답을 들은 한순자가 새삼스러운 시선을 던졌다.

"저 한심한 자식, 나중에 지 밥벌이나 할 수 있을지 모르겠네."

서태호가 입버릇처럼 꺼냈던 말이었다.

항상 서진우를 못마땅해했었던 서태호였는데.

서진우가 고3이 되며 확 달라진 모습을 보이고 난 후부터 서태호는 한 번도 이 말을 꺼낸 적이 없었다. 그리고 서진우를 바라보던 서태호의 두 눈에는 불신 대신 신뢰가 깃들기 시작했었다. 그런 서태호를 본 한순자의 입가에 미소가 번졌을 때였다.

"엄마, 내가 대입 시험 볼 때도 이렇게 간절히 기도했었어?"

서주연이 서운한 표정으로 질문했다.

뜨끔한 한순자가 당황하며 시선을 피하자, 서주연이 타깃을 서태호로 바꾸었다.

"그리고 보니 아빠, 내가 대입 시험 볼 때는 안 찾아왔었잖아?"

"원래는 오려고 했었다. 그런데 갑자기 회사에 급한 일이 생겨서 못 오게 됐었다."

"정말이야?"

"그럼."

"아, 이상하게 차별받는 것처럼 서운하네."

서주연이 고개를 갸웃거릴 때, 마침 수학 능력 시험이 끝났음을 알리는 벨이 울렸다.

얼마 지나지 않아 수험생들이 건물 밖으로 나오는 것을 확인한 서태호가 입을 뗐다.

"당신 그리고 주연이, 내가 미리 말해 두는데, 설령 진우가 평소보다 시험을 못 봤다고 해도 실망하는 기색 보이면 안 돼. 결과 못지않게 과정도 중요하니까. 진우, 그동안 진짜 열심히 했어."

*　　　*　　　*

서태호가 엄포를 늘어놓았을 때, 서진우가 수험생들 틈에 섞여 나오는 모습이 보였다.

아쉬움이 남아서일까.

어두운 표정으로 내려오는 서진우의 모습을 발견한 순간, 서태호는 가슴이 철렁 내려앉는 느낌이었다. 그러나 겉으로 내색하지 않기 위해서 애쓰며 서태호는 아들 서진우의 어깨를 두드려 주었다.

"고생했다."

"네."

뒤이어 한순자가 물었다.

"배고프지?"

"네? 네."

"얼른 집에 가서 맛있는 것 먹자."

근처에 주차해 둔 차에 올라탔다.

그때까지도 서진우는 여전히 심각한 표정이었다.

서진우의 분위기가 심상치 않음을 눈치챈 서태호가 말없이 시동을 걸었다.

부르릉.

차가 집을 향해 출발한 지 약 5분쯤 흘렀을까.

서진우의 옆에 앉아 있던 서주연이 호기심을 참지 못하고 질문했다.

"시험은 어땠어? 잘 봤어?"

"틀린 것 같아."

진우의 대답을 듣고서 운전대를 움켜쥐고 있던 서태호의 손에 힘이 들어갔다.

새어 나오는 한숨과 탄식을 한순자가 급히 손으로 막는 모습이 보였다.

"괜찮다. 이번이 끝이……."

서태호가 아쉬운 마음을 애써 누르며 위로하기 위해서 입을 막 열었을 때, 진우가 말을 더했다.

"하나."

＊　　　＊　　　＊

불판 위에 올려져 있는 고기가 타기 시작했다. 그러나 타들어 가기 시작한 고기에 신경 쓰는 사람은 아무도 없었다.

"응, 태주 엄마. 무슨 일로 전화했어? 아, 우리 아들 수능 잘 봤나 궁금해서 전화했구나. 걱정해 줘서 고마워. 덕분에 시험 잘 봤대. 진짜 한국대 갈 수 있냐고? 아직은 몰라. 성적표가 나와 봐야 알지. 그런데 진우 말로는 하나밖에 안 틀린 것 같대. 잘하면 한국대 갈 수 있지 않을까?"

엄마는 전화기를 붙잡고 평소 친하게 지내던 아줌마 친구들과 통화를 하느라 바빴다.

아버지는 소주를 사러 마트에 들른다고 나간 후, 아직 돌아오지 않았다.

─수학 능력 시험을 치르고 나온 수험생들의 표정이 무척 어두웠습니다. 수학 능력 시험 난이도가 예상보다 훨씬 어려웠기 때문인데요. 입시 전문가들 역시 당혹스러움을 감추지 못하면서 이번 수능이 어려웠던 만큼, 전체적인 점수 평균도 낮아질 거라고 예상했습니다. 입시 전문가들의 예상에 따르면 한국대 법학과 커트라인은 190점대 초반, 연신대와 고원대 법학과 커트라인은 180점대 초반, 그리고…….

누나 서주연은 수학 능력 시험 관련 뉴스를 보느라 정신이
팔려 있었다.

그리고 나 역시 딴 데 정신이 팔린 것은 마찬가지였다.

"틀린 것 같아, 하나."

집으로 돌아오는 차 안에서 시험을 잘 봤냐는 누나의 질문
에 내가 꺼냈던 대답이었다.

그 대답을 꺼낼 당시 내 표정이 심각했던 것.

누나의 짐작처럼 가족들을 깜짝 놀라게 하기 위함이 아니
었다.

진짜 아쉬웠기 때문에 내 표정이 심각했던 것이었다.

수능 만점.

수학 능력 시험을 앞두고 내가 새로 세운 목표였다.

그 새로운 목표를 거의 달성할 뻔했는데, 딱 한 문제가 내
발목을 잡았다.

그러니 어찌 아쉽지 않을까.

해서 줄곧 내가 틀렸던 문제가 머릿속에서 떠나지 않았
다.

"탄내가 왜 이렇게 진동을 해?"

그때, 근처 마트에서 소주를 사서 아버지가 돌아왔다. 그리
고 아버지는 서둘러 불판 앞으로 다가와 상황을 수습하기 시
작했다.

"당신, 아직까지 전화기 붙잡고 있어? 전화 그만하고 고기 좀 신경 써. 다 타 버려서 애들 먹을 것도 없잖아. 그리고 주연이 넌 거기 앉아서 고기 다 탈 때까지 뭐 했어?"

"아, 미안. 뉴스 보느라 정신이 없었어. 근데 아빠, 좀 전에 뉴스에서 나오는데 이번 수능이 되게 어려웠대. 그래서 입시 전문가들 예상으로는 한국대 법학과 커트라인이 190점대 초반일 거래."

"190점대 초반?"

"응, 그런데 진우는 수능 끝나고 나서 하나밖에 안 틀렸다고 했잖아. 그러니까 한국대 법학과도 안정권인 거지."

어느새 통화를 마치고 다가왔던 엄마가 믿기지 않는다는 표정으로 소리쳤다.

"우리 진우가 한국대, 그것도 무려 법학과에 갈 수 있다고?"

한국대학교라고 해서 다 같은 한국대학교가 아니다.

학과별로 점수 차가 있었고, 그중 한국대 법학과는 가장 커트라인이 높은 학과 중 하나였다.

한국대 법학과에는 대한민국 최고 대학의 최고 학과라는 상징성이 있다고 표현하면 될까?

"나도 안 믿기는데 그렇다니까."

서주연이 날 덥석 안았다.

"내 동생, 진짜 장하다."

"왜 이래?"

"누나가 특별히 뽀뽀 한 번 해 줄게."

"정중하게 사양합니다."

황급히 뒤로 물러나자, 서주연이 뺨을 부풀린 채 말했다.

"감히 누나의 사랑을 거부해? 누나한테 뽀뽀 한 번 받으려고 애걸복걸하는 남자들이 얼마나 많은지 모르지?"

"응, 몰라."

"아우, 그새 말발 느는 것 봐. 한 대 쥐어박고 싶지만 내가 오늘 하루만 특별히 봐준다. 그나저나 잘난 내 동생은 꿈이 뭐야? 판사? 검사? 의사? 아니면… 기자?"

다 틀렸다고 대답하려던 내가 멈칫했다.

'가만, 오답이 아닐 수도 있어.'

서주연이 장래 직업으로 기자를 입에 올린 순간, 퍼뜩 한 가지 가능성이 머릿속을 스치고 지나갔기 때문이었다.

"잠깐 방에 들어갔다 올게."

"고기 다 익었는데 방에는 왜 가?"

"찾아볼 게 좀 있어서."

서주연의 질문에 대답하고 방으로 향했다.

"야, 너 수능 끝났어. 공부가 지겹지도 않아? 이제 공부 안 해도 된다고!"

그런 내 등 뒤로 서주연이 외쳤지만 가볍게 무시했다.

내가 틀린 문제는 사회 과학 탐구영역 17번 문항이었다.

—피고인은 한국 독립과 자유를 방해하는 스티븐스를 저격했으니, 그야말로 애국지사라는 내용의 기사를 게재했다. 이를 본 사람은 누구나 피고인이 항일을 주장했다는 것을 알 수 있다. 하지만 피고인은 치외법권에 의지하며 신문지법의 규제를 벗어났다. 이 때문에 일본에 저항하는 사람들은 피고인이 양기혁과 함께 발행하는 〈신문〉을 이용하려 했다. (중략)… 이에 본 재판관은 영국 법령에 따라서 피고인을 3주간 수감할 것을 명한다.

대한매일신보의 발행자인 피고인이 신문지법을 위반했다는 이유로 법정에서 받은 선고문 중 〈신문〉에 대한 설명으로 옳은 것이 무엇인가를 묻는 문제.

즉, 대한매일신보에 대한 설명으로 옳은 것이 무엇인지를 다섯 가지 예시 중에서 하나 고르는 것이었다.

다섯 가지 예시는 다음과 같았다.

1. 국채 보상 운동을 지원했다.
2. 최초의 순 한글 신문이었다.
3. 대한민국 임시 정부 기관지 역할을 했다.
4. 조선 총독부 방침에 따라 창간되었다.

5. 을사늑약의 부당성을 논한 시일야방성대곡을 게재하였다.

내가 선택한 답은 5번.

그러나 교육 방송에서 발표된 정답은 1번이었다.

'1번이 정답이 맞아.'

대한매일신보가 국채 보상 운동을 지원한 것, 교과서와 참고서에도 여러 번 등장했다.

그럼에도 불구하고 내가 5번을 답으로 선택했던 이유는 예전에 읽었던 시나리오 때문이었다.

'조선의 마지막 기자'라는 제목의 시나리오는 '영화사 월광'에 투고됐던 시나리오였다.

흥미로운 제목에 꽂혀서 단숨에 읽어 내려갔던 시나리오는 꽤 흥미로웠기에 시나리오 작가를 직접 만나기까지 했었다.

당시 만났던 시나리오 작가 이지운에게 내가 가장 먼저 확인했던 것은 고증 여부였다.

시나리오상에서 주인공인 기자가 을사늑약의 부당성을 논한 시일야방성대곡을 대한매일신보에 게재하기 위해서 목숨을 걸고 기자 정신을 발휘하는 부분.

작품의 클라이맥스이자 핵심이었다.

내가 이 부분이 역사적 사실인가에 대해서 질문하자, 이지운은 확신에 찬 목소리로 철저하게 고증을 거쳤다고 대답했었다.

그 기억이 남아 있었기에 난 무심코 5번을 답으로 선택하고 지금까지 아쉬워하고 있었던 것이었다.

'그런데 만약 이지운의 말이 사실이라면?'

1번뿐만 아니라 5번도 정답이 될 수 있다는 것에 생각이 미친 것이었다.

'일단 고증부터 해야 해.'

교과서와 참고서로는 고증에 한계가 있었다.

거기까지 생각이 미친 순간, 난 인터넷을 사용할 수 없다는 것에 아쉬움을 느꼈다.

만약 인터넷을 사용할 수 있었다면, 시일야방성대곡과 대한매일신보와 관련된 자료나 논문을 손쉽게 찾을 수 있었을 터.

그러나 우리 집에는 컴퓨터도 없었다.

또, 컴퓨터가 있다고 해도 포털 사이트가 2020년처럼 활성화되지 않았으니 검색에 한계가 있었다.

"도서관밖에 답이 없네."

자료를 찾을 수 있는 방법이 도서관뿐이라는 사실을 알게 된 내가 쓴웃음을 지은 채 혼잣말을 꺼냈다.

"공부는 끝이 없구나."

*　　　　*　　　　*

수능이 끝난 터라, 학교는 일찍 마쳤다.

나는 매일매일 학교가 파하자마자 국회 도서관으로 찾아갔다. 그리고 시일야방성대곡과 대한매일신보에 대한 자료를 찾고 찾은 끝에 중요한 자료를 찾아내는 데 성공했다.

그 중요한 자료는 바로 대한매일신보 영문판에 시일야방성대곡의 영문 번역본이 실렸다는 보도 내용이었다.

"고증은 철저히 거쳤다고 자부합니다. 황성신문에 처음 시일야방성대곡에 대한 논설이 쓰인 다음 날, 대한매일신보 영문판에 시일야방성대곡 원문 번역본이 실렸습니다. 제 시나리오는 주인공이 대한매일신보 한글판에 싣지 못하자, 어떻게든 시일야방성대곡을 대한매일신보에 싣기 위해서 한글판이 아니라 영문판에 번역본을 실은 게 아닐까? 이런 상상력에서 시작했습니다."

당시 이지운이 했던 주장대로였다.

다만 꽤 오래전이었기 때문에 대한매일신문 영문판에 시일야방성대곡 원문 번역본이 실렸다는 부분을 잊었던 것이었다.

"이제 자료는 찾았다."

내가 선택한 5번 예시가 오답이 아니라는 증거는 확보한 상황.

이제 남은 것은 확보한 증거를 이용해서 이번 수능 문항에 복수 정답이 있었다는 사실을 인정받는 것이었다.

그 목표를 달성하기 위해서 내가 찾아간 것은 담임 김유성이었다.

인터넷이 발달된 2020년에는 이의 제기를 하는 방법이 간단했다.

수능 시험 문제를 출제하는 한국 교육 개발원 홈페이지로 찾아가서 문항에 대한 이의를 제기하면 됐다.

그러나 1995년에는 한국 교육 개발원의 홈페이지조차 구축되지 않은 상태였다.

그리고 내가 한국 교육 개발원으로 직접 찾아간다 하더라도 출제 위원들이 내 이야기에 귀를 기울여 줄 가능성은 무척 희박했다.

그래서 내가 찾아낸 방법은 담임 김유성을 활용하는 것이었다.

이미 수능 가채점이 끝난 상황.

내가 한국대학교에 입학하는 것은 기정사실이나 마찬가지였다.

"진우야, 교무실엔 무슨 일로 찾아왔어?"

그래서일까.

교무실로 들어서는 날 확인한 김유성의 목소리에는 친절과 호의가 묻어났다.

"선생님께 부탁드릴 게 하나 있어서 찾아왔습니다."

"부탁? 혹시 무슨 사고 친 건 아니지?"

"그런 것 아닙니다."

"다행이다. 지금 사고 치면 큰일 난다는 것 알지? 알아서 몸 사리며 조심해야 해."

"네, 그렇게 하겠습니다."

"하긴 진우 너라면 알아서 잘하겠지. 참, 아까 부탁이 있어서 찾아왔다고 했었지? 부탁하려는 게 뭐야?"

"한국 교육 개발원에 이의를 제기하고 싶습니다."

*   *   *

"뭘… 하겠다고?"

"이번 수학 능력 시험 문제를 출제했던 한국 교육 개발원에 정식으로 이의를 제기하고 싶다고 말씀드렸습니다."

"이의 제기를 하겠다고?"

내가 이런 부탁을 꺼낼 것이라곤 예상치 못했기 때문일까.

김유성은 당황한 기색이 역력했다.

"왜 이의를 제기하려는 거야?"

"복수 정답이 있는 문항이 있습니다."

"복수 정답? 그러니까 정답이 두 개인 문항이 있단 말이야?"

"네. 사회 과학 탐구 영역 17번 문항입니다."

"17번 문항이면… 잠깐만 기다려 봐."

김유성이 서랍을 열어 수학 능력 시험 문제와 답안이 실려 있는 신문을 꺼냈다.

"보자, 17번 문항이면 한국사 과목 문제구나. 정답은 1번 예시인데 2번부터 5번 예시 중에 또 다른 정답이 있다는 뜻이야?"

"그렇습니다. 제 생각에는 5번 예시도 정답입니다."

"왜 그렇게 확신해?"

"을사늑약의 부당성을 논한 시일야방성대곡을 대한매일신보에서도 게재했었거든요."

내가 확신에 찬 목소리로 대답했지만, 김유성은 순순히 믿지 않았다.

"진우 네가 착각한 게 아닐까? 너도 알다시피 한국 교육 개발원에서 수능 시험 문제를 출제하는 평가 위원들은 각 분야의 전문가라 할 수 있는 대학교수님들이 대부분이야. 그런 분들이 실수를 할 가능성은 무척 낮거든."

"선생님."

"응?"

"최지영 선생님과 함께 대화할 수 있을까요?"

"최지영 선생님? 최 선생님은 갑자기 왜… 아, 최 선생님이 한국사를 담당하고 계시지. 알았다."

김유성은 생물 담당 교사였다.

그보다는 한국사 담당 교사인 최지영과 대화를 나누는 편이 이야기를 풀어 나가기 편할 것이란 생각이 들었다.

"무슨 일이세요?"

김유성의 부름을 받고 찾아온 최지영이 물었다.

"진우가 이번 수학 능력 시험에서 복수 정답이 있는 문항이 있다고 주장하네요. 그 문항이 한국사 관련이라서 최 선생님을 불렀습니다."

"이상하다. 저도 이번 수학 능력 시험 문제들을 훑어봤는데 복수 정답이 있는 문항 같은 건 발견하지 못했는데."

"진우 주장으로는 이 17번 문항에 복수 정답이 있다고 합니다."

최지영이 17번 문항을 살펴보기 시작했다.

잠시 후, 그녀가 고개를 갸웃하며 입을 뗐다.

"난 복수 정답을 못 찾겠는데?"

"한국 교육 개발원에서는 1번 예시가 정답이라고 발표했습니다. 그렇지만 5번 예시도 정답입니다."

"선생님 의견은 달라. 대한매일신보에 시일야방성대곡을 실었다는 이야기는 들어 본 적 없거든."

"분명히 실렸습니다. 이게 그 증거입니다."

내가 증거 자료를 제출했다.

그 증거 자료를 살펴보던 최지영이 놀란 표정으로 물었다.

"이걸… 어디서 찾았어?"

그 질문에 내가 대답했다.

"국회 도서관에서 찾았습니다. 선생님도 이 자료를 보셔서 아시겠지만, 대한매일신보에는 을사늑약의 부당성을 알리는 시일야방성대곡이 분명히 실렸습니다. 다만 대한매일신보 국문판이 아니라 영문판에 번역본으로 실렸죠."

"그… 래."

"제 생각으로는 한국 교육 개발원에서 대한매일신보 영문판에 시일야방성대곡이 번역본으로 실린 것을 인정해 주느냐 아니냐가 이의 제기를 받아들여 주는 여부를 가르는 관건이 될 것 같습니다."

"음, 진우, 네 말처럼 그 점이 이의 제기를 했을 때 받아들여지는가의 여부를 가르는 핵심이 될 가능성이 높아."

최지영 선생과 서진우가 진지한 표정으로 나누는 대화를 듣던 김유성이 깜짝 놀랐다.

수능 시험이 끝난 마당.

다른 고3 학생들은 해방감에 들떠서 놀러 다니기 바빴다.

그런데 서진우는 달랐다.

이번 수학 능력 시험에 출제된 문항 중 하나에 복수 정답이 있다는 의심을 품고, 그동안 국회 도서관을 찾아가서 17번 문항이 복수 정답이라는 자료를 찾았다.

'특이한 녀석이야.'

김유성이 서진우에게 새삼스러운 시선을 던졌다.

20년간 교직에 몸담으며 수많은 학생들을 봐 왔지만, 서진우는 자신이 경험한 가장 특이한 학생이었다.

'크게 될 녀석이야.'

속으로 생각하며 김유성이 입을 뗐다.

"진우야."

"네, 선생님."

"억울한 마음이 있다는 것도 알겠고, 국회 도서관까지 찾아가서 조사하느라 그동안 고생 많이 했다는 것도 알겠다. 그런데 굳이 한국 교육 개발원에 이의 제기를 할 필요까진 없을 것 같다."

"왜입니까?"

"우선 지금까지 한국 교육 개발원에서 출제한 문제에 대해서 이의를 제기한 전례가 없어. 그래서 이의 제기를 하는 과정이 쉽지 않을 거야. 그리고 설령 이의 제기를 한다고 해도 그 이의 제기가 받아들여지지 않을 가능성이 높아. 출제 위원들이 실수를 했다는 사실을 인정할 가능성은 낮거든."

"하지만……."

"그리고 진우 네 입장에서는 굳이 이의 제기를 할 필요가 없지 않아? 지금 성적이면 한국대학교의 원하는 학과는 모두 갈 수 있으니까."

"……."

"바뀔 가능성도 낮은 일에 매달리느라 아까운 시간과 공력을 허비하는 것보다는 조금 여유가 있을 때 취미 생활을 하거나 여행을 다녀오는 편이 더 낫지 않겠어?"

적당히 알아듣게 얘기했으니, 서진우가 자신의 충고를 따를 거라 김유성은 기대했다.

그러나 그 기대는 빗나갔다.

"그럴 수 없습니다."

서진우는 단호한 목소리로 그럴 수 없다고 말했다.

"꼭 이의 제기를 해야겠다는 뜻이냐?"

"그렇습니다."

"그렇게 하려는 이유는?"

"저 혼자만의 문제가 아니기 때문입니다. 아까 선생님 말씀처럼 이 문제의 복수 정답이 인정되지 않더라도 저는 한국대학교에 진학할 수 있습니다. 그렇지만 이 한 문제로 인해 진학하는 대학이 달라지고, 그로 인해 인생이 달라질 다른 아이들이 무척 많습니다. 그 아이들을 위해서라도 저는 이의를 제기하지 않을 수가 없습니다."

김유성의 말문이 막혔을 때, 최지영이 끼어들었다.

"김 선생님, 해 봐요."

"네?"

"진우 말이 일리가 있어요. 그리고 진우가 혼자 힘으로 복

수 정답이 있을 수 있다는 증거까지 직접 찾아왔잖아요. 이의
제기를 해 볼 가치는 충분히 있다고 생각해요."

최지영까지 합세한 상황.

김유성이 더 반대하지 않고 입을 뗐다.

"한번 해 보죠."

          *   *   *

후르릅.

커피를 마신 최진국이 눈살을 찌푸렸다.

지난번 한국대학교에서 개최됐던 학회에서의 일이 떠올랐
기 때문이었다.

"건방진 새끼."

자신의 대학원 제자인 김명수가 발표한 자료에 사사건건 트
집을 잡던 강대집 교수의 모습이 떠오르자 기분이 더러워진
것이었다.

더 열 받는 것은 제자인 김명수가 강대집 교수의 트집에 제
대로 반박을 못 했다는 점이었다.

"멍청한 새끼. 확 연구실에서 쫓아내 버려?"

한국대 교수인 강대집이 작정하고 발표 자료를 공격하는 것
에 제대로 방어할 수 있는 대학원생은 없었다.

그 사실을 잘 알고 있음에도 김명수가 한심하게 느껴져서

혼잣말을 꺼냈을 때였다.

따르르릉, 따르르릉.

교수실 전화가 울렸다.

"여보세요."

"최진국 교수님이시죠?"

"어디시죠?"

"한국 교육 개발원 임수진 대리입니다. 이번에 한국 교육 개발원이 출제한 수학 능력 시험 문제 가운데 복수 정답이 존재한다는 이의 제기가 접수됐습니다."

"방금 뭐라고 했소?"

"이번 수학 능력 시험 문제 중에 복수 정답이 존재한다는 이의 제기가 접수됐다고 말씀드렸습니다. 해당 문제가 사회 탐구 영역 문제였기 때문에 한국사 출제 위원이셨던 최진국 교수님에게 연락드렸습니다."

"괜한 짓을 했소."

"네?"

"내가 출제한 문제 가운데 복수 정답이 존재하는 문제는 없으니까."

"하지만 교수님, 한국 교육 개발원에 이의 제기가 접수됐으니 사회 탐구 영역 17번 문항에 대해서 한 번 더 검토를……."

"일없소."

최진국이 딱 잘라 말하고 전화를 끊었다.

다시 커피 잔을 들어 올리던 최진국이 눈살을 찌푸렸다.

"17번 문항이면… 대한매일신보에 관한 문제로군."

수학 능력 시험 출제 위원으로 참여해서 직접 문제를 출제했기 때문에 최진국은 17번 문항이 어떤 문항인지 금세 기억해 낼 수 있었다.

17번 문항의 답은 1번.

"복수 정답은 존재할 수가 없어."

최진국이 코웃음을 치며 다시 커피 잔을 들어 올렸다.

*　　　　*　　　　*

"수학 능력 시험 문제 중에 복수 정답이 존재하는 문제가 있다는 이의를 제기했던 서진우라고 합니다. 제가 했던 이의 제기의 진행 상황을 알아보기 위해서 전화했습니다."

"어, 그게……."

한국 교육 개발원에서 근무하는 대리 임수진은 당황한 기색으로 선뜻 대답을 꺼내지 못하고 머뭇거렸다.

"어떤 진행 절차를 밟고 있습니까?"

내가 구체적으로 질문하자, 임수진이 더듬거리며 대답했다.

"일단 이의가 접수됐다는 사실을 수학 능력 시험 출제 위원에게 통보하고 재검토를 요청했습니다. 그리고 재검토 결과가 도착하기를 기다리고 있습니다."

"기한은요?"

"네?"

"기한은 정해져 있습니까?"

"그건… 정해져 있지 않습니다. 이번에 수학 능력 시험 출제 위원으로 참여하신 교수님이 워낙 바쁘신 분이라…….."

"일단 알겠습니다."

임수진 대리가 자신 없는 목소리로 더듬거리며 대답을 꺼내는 것을 듣던 내가 대답을 하고 통화를 마쳤다.

"예상대로네."

고원대학교 역사학과 최진국 교수.

그는 이번 수학 능력 시험 한국사 파트 출제 위원이었다. 그리고 대학교수들은 무척 권위적이고 독선적인 면이 존재한다.

최진국 교수는 출제 위원으로 참여했던 이번 수학 능력 시험 문항 중에 복수 정답이 존재한다는 것을 절대 인정하려 들지 않을 것이었다.

임수진 대리는 재검토 결과가 도착하길 기다리고 있다고 말했지만, 내 짐작에는 재검토 결과가 도착하지 않을 가능성이 높았다.

"뭉개려 들 테니까."

한국 교육 개발원에 이의 제기까지는 했지만, 아직 끝난 것이 아니었다.

이제는 다음 수순으로 넘어가야 할 때임을 직감한 내가 두눈을 빛내며 혼잣말을 꺼냈다.

"최진국 교수님, 지금처럼 계속 뭉갤 수는 없을 겁니다."

*   *   *

다음 날 아침.

등교한 나는 교실이 아니라 교무실로 직행했다. 그리고 내가 찾아간 것은 김유성이 아니라 최지영이었다.

"선생님, 안녕하세요?"

"어, 진우야. 아침부터 교무실에는 무슨 일로 찾아왔어?"

"선생님께 부탁드릴 게 있어서요."

"나한테? 무슨 부탁인데?"

최지영은 서울에 위치한 사립 명문대인 서경대학교 역사학과를 졸업했다. 이후 한국대학교 역사학과에서 석사 학위를 받은 후, 임용고시에 합격해서 교사로 부임했다. 그리고 내가 이용하려는 것은 최지영의 대학원 은사인 강대집 교수다.

"한국 교육 개발원에 이의 제기를 한 후에 진행 상황을 꾸준히 체크하고 있었습니다. 그런데 한국 교육 개발원에서는 재검토 결과가 돌아오지 않았다는 대답만 계속 반복하고 있습니다."

"그래?"

"이대로라면 재검토 결과가 언제 돌아올지 알 수 없습니다. 그냥 시간을 끌면서 뭉개다 보면 지쳐서 조용히 넘어갈 거다. 이렇게 판단한 것 같습니다. 그래서 후속 조치를 취해야 할 것 같습니다."

Chapter. 3

"후속 조치라니?"

"공론화를 시킬 생각입니다. 이번 수학 능력 시험에 복수 정답이 존재하는 문항이 있었다. 그 문항의 복수 정답이 인정된다면 이번 수학 능력 시험에 응시한 수험생들의 성적이 달라지면서 진학하는 대학이 바뀔 수도 있다. 이렇게 공론화를 시키기 위해서는 이번 수능 출제 위원 못지않게 권위가 있는 분의 도움이 필요합니다. 그분이 나서서 공론화를 시켜 준다면 지금처럼 계속 시간을 끌면서 버티는 것이 불가능할 테니까요. 그래서 드리는 말씀인데… 혹시 도움을 주실 정도로 한국사 분야에서 권위 있는 분을 알고 계십니까?"

최지영의 대학원 은사인 한국대 역사학과 강대집 교수.

이번 수학 능력 시험 출제 위원이었던 고원대학교 최진국 교수 못지않게 권위 있는 교수였다.

그 사실을 알고 있으면서도 내가 강대집 교수의 이름을 언급하지 않는 것은 최지영의 뒷조사를 했다는 사실을 드러내지 않기 위함이었다.

"진우가 말한 권위 있는 분을 한 분 알고 있기는 한데."

"그분이 누구십니까?"

"내 대학원 은사셨던 강대집 교수님이란 분인데……"

"압니다."

"응? 진우 네가 강 교수님을 안다고?"

"네."

"어떻게 알아?"

"한국사에 관심이 있어서 공부하다 보니 강대집 교수님을 알게 됐습니다."

"그렇구나."

내가 강대집 교수에 대해서 알고 있다는 사실에 놀라서일까.

새삼스러운 시선을 던지던 최지영이 말했다.

"선생님이 교수님께 한번 말씀드려 볼게."

*   *   *

오랜만에 다시 한국대학교 교정을 거닐다 보니, 꼭 대학원생 시절로 돌아온 것 같았다.

"좋을 때다."

가방을 등에 맨 채 바쁘게 교정을 오가는 한국대학교 학생들을 향해 최지영이 부러운 시선을 던졌다.

"고등학교 때 공부를 더 열심히 해서 한국대학교에 입학했다면 내 인생이 지금과는 달라지지 않았을까?"

잠시 후회가 밀려들었지만, 최지영은 이내 고개를 흔들어 상념을 털어냈다.

시간을 돌리는 것은 불가능한 데다가, 지금 교사 생활에도 어느 정도 만족하고 있었기 때문이었다.

"그나저나 참 똑똑해."

최지영이 서진우를 떠올리며 희미한 웃음을 머금었다.

저명한 대학교수가 출제한 문제에 복수 정답이 있다는 것을 주장하는 데서 그치지 않고 서진우는 증거까지 직접 찾아왔다.

그뿐이 아니었다.

공식적으로 이의 제기를 했음에도 불구하고 한국 교육 개발원에서 별다른 리액션이 없자, 스스로 다음 대처법까지 찾아왔다.

공론화와 매스컴 활용.

최지영은 교사 생활을 한 지 오래되지 않았다.

그래서 아직 많은 학생들을 보고 경험한 것은 아니었지만, 서진우처럼 똑똑하고 특별한 학생을 상대하는 것은 이번이 처음이었다.

"벌써 도착했네."

익숙한 인문대 건물 앞에 도착했다는 사실을 깨달은 최지영의 걸음이 빨라졌다.

대학원을 졸업하자마자 시작된 사회생활에 적응하느라, 다시 학교를 찾아올 기회가 없었다. 그래서 엄하긴 해도 진심을 다해 지도해 주셨던 지도 교수 강대집을 빨리 다시 만나고 싶었다.

똑똑.

"들어와요."

최지영이 노크하자, 중저음인 강대집 교수의 목소리가 들려왔다.

"교수님, 너무 오랜만에 찾아와서 죄송합니다."

"죄송하긴. 사회생활 하다 보면 다 그렇지."

"교수님은 예전 그대로세요."

"녀석, 그새 사회생활 하는 법이 제법 늘었구나."

강대집이 반갑게 맞아주는 것이 고마웠다.

"이거 받으세요."

미리 준비해 온 홍삼 선물 세트를 내밀자, 강대집이 기꺼운

웃음을 터트렸다.

"선물은 안 사 들고 와도 되니까 자주 찾아와. 난 제자들 얼굴 보는 것으로도 충분하니까."

"네? 네."

"일단 거기 앉아. 차 한 잔 타 주마."

"감사합니다."

강대집은 교수임에도 권위를 내세우는 성격이 아니었다.

대학원 제자들에게 한 번도 차나 커피 심부름을 시킨 적이 없었다.

본인이 직접 차와 커피를 타서 마셨고, 오히려 제자들에게 차나 커피를 직접 타서 건네던 편이었다.

"대철이 기억하지? 그 녀석이 얼마 전에 영국 출장 다녀왔다며 홍차를 사 왔더라. 대철이 말로는 비싼 거라니까 한번 마셔 봐."

"잘 마시겠습니다."

달콤한 향과 달리 씁쓸한 홍차의 맛을 음미하고 있을 때, 강대집이 물었다.

"교사 생활 해 보니까 어때?"

"생각보다 많이 힘듭니다."

최지영이 한숨을 내쉬며 대답하자, 강대집이 웃으며 물었다.

"이제 내 심정을 이해할 것 같아?"

"교수님의 기대에 많이 못 미쳤던 제자여서 죄송했습니다."

"하핫."

"그래도 보람도 있습니다. 특히 깜짝 놀랄 정도로 실력이 뛰어난 학생을 상대할 때는 긴장도 되고요."

"지영이를 긴장시킬 정도로 실력이 뛰어난 고등학생이 있다고?"

"네."

"어떤 녀석인지 궁금한데."

"교수님, 실은 그 학생 때문에 부탁드릴 게 있어서 찾아왔습니다."

"부탁? 어떤 부탁인데?"

최지영이 가방에서 미리 준비해 온 수학 능력 시험 문제지를 꺼내며 입을 뗐다.

"아까 제가 말씀드린 학생이 이번 수학 능력 시험에 출제된 문제 가운데 복수 정답이 있는 문항이 있다고 주장하고 있습니다."

"그래? 그런 얘긴 들어 본 적 없는데?"

강대집이 흥미를 드러내는 것을 발견한 최지영이 수학 능력 시험 문제지를 펼쳤다.

"사회 탐구 영역 17번 문항입니다."

"17번?"

"교수님께서 직접 한번 봐 주십시오."

"어디 보자."

강대집이 은테 안경을 고쳐 쓴 후 지문을 읽어 내려가기 시작했다.

"내가 보기에는 정답은 1번 같은데?"

잠시 후 강대집이 의견을 밝혔다.

"한국 교육 개발원에서 발표한 정답도 1번이 맞습니다. 그런데 진우는 5번 예시도 정답이라고 주장하고 있습니다."

"진우?"

"아, 아까 제가 말씀드렸던 학생 이름이 진우예요. 서진우."

"그래? 어디 보자. 5번 예시라면 을사늑약의 부당성을 논한 시일야방성대곡을 게재하였다,구나. 대한매일신보에 대한 설명으로 옳은 것을 찾는 문항이니까 5번은 정답이 될 수 없을 것 같은데? 내 기억이 맞다면 대한매일신보에서는 시일야방성대곡을 게재한 적이 없거든."

강대집의 말이 끝나기 무섭게 최지영이 말을 받았다.

"저도 그렇게 생각했습니다. 그런데 이걸 보시죠."

최지영이 가방에서 사진 한 장을 꺼내서 내밀었다.

"이게 뭐지?"

"대한매일신보 영문판입니다."

"대한매일신보 영문판?"

"네. 보시면 알겠지만 대한매일신보 한글판에는 시일야방성대곡이 게재되지 않았지만, 대한매일신보 영문판에는 시일야방성대곡이 게재됐습니다."

"이 자료를 어디서 찾았지?"

"국회 도서관에서 찾았습니다."

"그 학생을 위해서 국회 도서관까지 뒤져서 대한매일신보 영문판에 실린 시일야방성대곡을 찾았다? 지영이도 이제 진짜 교사가 다 됐구나."

"제가 아닙니다. 국회 도서관에서 대한매일신보 영문판에 실린 시일야방성대곡을 찾은 것, 제가 아니라 아까 말씀드렸던 서진우입니다."

"고등학생이 직접 발로 뛰어서 이 자료까지 찾아냈다?"

강대집은 두 눈을 크게 뜨며 놀란 기색을 감추지 못했다.

"교수님, 비록 대한매일신보 한글판에는 시일야방성대곡이 실리지 않았지만, 대한매일신보 영문판에는 시일야방성대곡이 분명히 실렸습니다. 그러니 5번 예시도 정답으로 인정받을 수 있지 않을까요?"

"당연히 인정받아야지. 일단 수학 능력 시험을 출제한 한국 교육 개발원에 정식으로 이의 제기부터……."

"벌써 이의 제기는 했습니다. 그런데 회신이 오지 않습니다."

"회신이 오지 않는 이유가 뭐지?"

"아무래도 이번 수능 출제 위원이 이의 제기에 대한 검토를 미루는 것 같아요."

"수능 출제 위원이 누구지?"

"교수님도 잘 아시는 분입니다. 고원대학교 최진국 교수요."

"최진국 교수?"

최진국이란 이름을 들은 강대집이 슬쩍 눈살을 찌푸렸다. 그리고 최지영은 강대집이 눈살을 찌푸린 이유를 알고 있었다.

강대집이 최진국 교수를 무척 싫어하기 때문이었다.

"그래서 공론화를 시키려고 합니다. 그리고 공론화를 시키기 위해서는 교수님의 도움이 필요합니다."

"내가 뭘 어떻게 도와주면 되지?"

"교수님이 이번 수학 능력 시험 사회 탐구 영역 17번 문항에 복수 정답이 존재한다는 의견에 힘을 실어 주셨으면 합니다."

"그거야 어렵지 않지. 아니, 교수로서 당연히 해야 할 일이지. 그런데 내가 힘을 실어 준다고 해서 뭐가 바뀔까?"

"매스컴에도 알릴 생각입니다."

"매스컴?"

"네. 그래서 부탁이 하나 더 있습니다."

"또 뭐냐?"

최지영이 미안한 표정으로 입을 뗐다.

"혹시 아는 기자 있으세요?"

*   *   *

강대집이 창밖으로 시선을 던졌다.

"이름이… 서진우라고 했지?"

총총걸음으로 멀어지고 있는 제자 최지영의 모습을 바라보던 강대집이 은테 안경을 추켜올렸다.

강대집이 기억하는 제자 최지영의 가장 큰 장점은 성실함이었다.

반면 단점은 요령이 부족하다는 것이었다.

그렇게 고지식한 최지영이 한국 교육 개발원을 움직이기 위해서 공론화와 매스컴 활용이라는 방법을 찾아냈을 가능성은 희박했다.

강대집의 짐작이 틀리지 않다면 최지영의 제자인 서진우라는 고등학생이 두 가지 방법을 찾아냈을 가능성이 높았다.

"재밌군."

대한매일신보 영문판에 시일야방성대곡이 실렸다는 사실을 알고 있는 사람은 극히 드물었다.

한국대 교수인 강대집도 알지 못했던 사실이었다.

그런데 서진우란 고등학생이 그 사실을 알아내서 수학 능력 시험에 출제된 문제에 복수 정답이 존재한다고 주장한 것.

보통 집념이 아니면 할 수 없는 일이었다.

그래서 서진우에게 흥미를 느끼던 강대집이 몸을 돌려서 책장 앞으로 다가갔다.

그런 그가 책 한 권을 꺼냈다.

'한국독립운동의 계보'.

고원대 역사학과 교수인 최진국이 지은 책이었다. 그리고 강대집이 최진국을 학자로서 싫어하는 이유는 그가 친일 사관에 바탕을 둔 역사학자였기 때문이었다.

이 책이 대표적이었다.

최진국은 친일 행적이 뚜렷한 친일파들도 이 책에서 독립운동가로 탈바꿈시켰다.

돈에 영혼을 팔아 버린 학자.

최진국 교수에 대한 강대집의 평가였다.

문제는 최진국 교수가 국내 역사학계에서 영향력이 크다는 점이었다.

"이번에 명성에 흠집이 좀 나겠습니다."

강대집의 입가에 미소가 번졌다.

아직 서진우라는 학생의 얼굴도 본 적 없었다.

그렇지만 최진국 교수에게 한 방 제대로 날릴 수 있는 기회를 제공해 준 서진우에게 벌써 호기심과 호감이 생겼다. 그리고 최진국 교수의 명성에 흠집을 낼 수 있는 좋은 기회를 흘려보낼 생각도 없었다.

책상 앞에 앉은 강대집이 명함첩을 뒤졌다.

한국대 제자들 중에 대형 일간지에서 기자로 일하고 있는 조준석의 명함을 찾은 강대집이 수화기를 들었다.

*　　　　*　　　　*

⟨올해 진행된 수학 능력 시험 문항 중 복수 정답 존재 가능성. 큰 혼란을 야기할 수도 있을 듯⟩

집으로 배달된 동양일보를 펼쳐서 기사를 찾던 내 입가에 미소가 번졌다.

사회면에 실린 기사 제목을 확인했기 때문이었다.

"약속 지켰네."

직접 인터뷰를 했던 이은형 기자는 오늘자 동양일보에 취재한 기사가 실릴 예정이라고 말했었다.

─사회 탐구 영역 17번 문항에 복수 정답이 존재한다는 이의 제기를 한 ○○고등학교 서 모 군은 대한매일신보 한글판에는 시일야방성대곡이 실리지 않았지만, 대한매일신보 영문판에는 시일야방성대곡이 실렸다고 주장했다. 이를 주장한 서 모 군은 국회 도서관으로 찾아가서 대한매일신보 영문판에 시일야방성대곡이 실린 것을 직접 확인하여 근거로 제시했다. 한국대학교 역사학과 강대집 교수는 대한매일신보 영문판에 시일야방성대곡이 게재된 것이 명확한 만큼, 1번 예시뿐만 아니라 5번 예시도 정답으로 인정해야 한다고 주장했다. 만약 한국 교육 개발원의 발표와 달리 17번 문항의 5번 예시도 정답으로 인정받는다면 수험생들의 수학 능력 시험 점수가 바뀌면서 큰 혼란이 있을 것으로 예

상된다. 한편 한국 교육 개발원에 문의해 본 결과…….

"깔끔하게 잘 정리했네."

기사 내용을 읽고 난 후 난 만족감을 표했다.

동양일보는 국내 3대 일간지 중 하나.

그런 동양일보에 기사가 실렸으니, 한국 교육 개발원에도 지금쯤 발등에 불이 떨어졌을 것이었다.

"그러게 빨리 인정했어야지."

지금쯤 잔뜩 일그러져 있을 수능 출제 위원인 최진국 교수의 표정을 떠올리던 내 입가에 미소가 번졌다.

                    *   *   *

"빌어먹을."

최진국이 주먹으로 책상을 내려쳤다.

대한매일신보 영문판에 시일야방성대곡이 게재됐다는 사실은 전혀 몰랐다.

그러니 수학 능력 시험 출제 위원인 자신의 실수가 맞았다.

그럼에도 불구하고 화가 난 이유는 동양일보 기사에 등장한 강대집 때문이었다.

한국대학교 역사학과 교수 강대집은 학회가 열릴 때마다 사사건건 시비를 걸었다.

그래서 눈엣가시처럼 느껴졌었는데.

그런 강대집에게 한 방 제대로 얻어맞았다는 게 분한 것이었다.

또, 자신의 명성에 흠집이 날 위기에 처한 것이 분했다.

"두고 보자."

최진국이 이를 갈면서 수화기를 들었다. 그리고 한국 교육 개발원 임수진 대리에게 전화를 걸었다.

"한국 교육 개발원 임수진 대……."

"나 최진국이야."

"네, 교수님."

"기사 봤어?"

"좀 전에 봤습니다."

"대체 뭘 한 거야?"

"교수님께서 저희 측에서 요청한 재검토를 빨리 해 주시지 않고 계속 미루시는……."

임수진 대리가 억울한 목소리로 말했지만, 최진국은 도중에 말을 잘랐다.

"그래서 전부 내 탓이란 거야? 기사도 안 막고 일 처리 이렇게 허술하게 할 거야?"

"죄송합니다."

"이게 죄송하다고 해서 해결될 문제야?"

"어떻게… 할까요?"

최진국이 애꿎은 임수진 대리에게 분풀이를 하듯 버럭 소리를 질렀다.

"어떻게 하긴 뭘 어떡해? 복수 정답 인정해."

*   *   *

"아들, 엄마 어때?"

아침 일찍 동네 미용실에 다녀온 엄마가 물었다.

"아름다우십니다."

내 대답을 들은 엄마의 입가에 환한 미소가 떠올랐다.

"빈말하는 것 아니지?"

"정말 아름다우십니다."

엄마의 우려처럼 빈말이 아니었다.

미용실에서 공들여 화장과 머리를 하고 온 엄마는 예뻤다.

그리고 생기가 넘치는 엄마의 얼굴은 예전 내 기억 속 엄마와 많이 달랐다.

팍팍한 삶과 자식 걱정에 늘 어둡던 표정이 밝게 바뀐 것만으로도 엄마는 충분히 아름다웠다.

"아침밥도 안 주고 꼭두새벽부터 어딜 그리 싸돌아다니는 거야?"

"미용실 좀 다녀왔어요. 기자가 집으로 찾아와서 인터뷰하는데 꾀죄죄한 몰골로 사진 찍을 순 없잖아요."

엄마가 아침 일찍 미용실에 다녀온 이유.

오늘 집에서 인터뷰가 있기 때문이다.

그리고 기자가 우리 집으로 찾아오는 이유는 내가 수능 만점을 받아서였다.

한국 교육 개발원에 했던 이의 제기가 받아들여지면서 사회 탐구 영역 17번 문항은 복수 정답이 되었고, 덕분에 나는 전국 유일의 수능 만점자가 됐다.

"당신이 주인공이 아니라 우리 진우가 주인공이야. 그런데 당신이 왜 미용실에 갔다 오는 건데?"

"자꾸 잔소리하지 말고 빨리 출근이나 해요."

"출근 안 해."

"왜 출근을 안 해요?"

"월차 냈어."

"……?"

"우리 진우야 걱정이 없지만, 당신이 인터뷰 도중에 이상한 소리 할까 봐 걱정이 돼서 내가 옆에 있으려고."

"내가 어린애예요? 이상한 소리를 하게?"

"그래도 불안하다니까."

"어서 방으로 들어오기나 해요."

"방에는 왜 들어가자는 거야?"

"인터뷰할 건데 옷이 그게 뭐예요? 그 후줄근한 티셔츠 입고 인터뷰할 수는 없잖아요."

"이 티셔츠가 어때서?"

"몰라서 물어요? 목이 다 늘어났구만."

아버지와 엄마가 티격태격하고 있었지만, 두 분의 목소리에 노기는 없었다.

오히려 두 분 모두 기꺼운 표정이었다.

그런 따뜻한 집안의 분위기가 나는 좋았다.

"빨리 따라 들어와요."

엄마의 재촉에 아버지가 못 이긴 척 방으로 따라 들어갔다.

"효도했네."

전국 유일의 수능 만점자가 된 것.

부모님에게 큰 효도를 한 셈이었다.

"이제 시작입니다."

그리고 내 효도는 이걸로 끝이 아니었다.

이제부터 시작이었다.

"그러니까 기대하세요."

띵동.

내가 혼잣말을 마쳤을 때, 벨 소리가 들렸다.

우리 집으로 인터뷰를 하기 위해서 찾아온 사람은 동양일보 소속 기자, 이은형이었다.

나이는 삼십 대 초반.

성격도 싹싹한 편이었고, 눈치도 빨랐다.

인터뷰를 앞두고 잔뜩 긴장한 부모님의 긴장을 풀어 주기 위해서 애썼으니까 말이다.

"어머님, 아버님, 그냥 차 마시면서 수다 떤다고 생각하시고 편하게 말씀하시면 됩니다. 그리고 진우 군은… 알아서 잘할 테니까 걱정할 필요 없겠죠?"

이은형 기자와 나는 초면이 아니다.

한국 교육 개발원에 했던 이의 제기를 공론화시키기 위해서 매스컴을 활용했었고, 그 과정에서 이미 이은형 기자를 만나서 인터뷰를 했던 적이 있었다.

"진짜 고등학생 맞아? 기자와 만나서 인터뷰하는 것, 이번이 처음 아니지? 처음이라기엔 너무 침착하고 능숙하게 잘하는데?"

인터뷰 당시, 당황한 기색 없이 침착하고 조리 있게 답했던 내게 이은형은 깜짝 놀랐었다.

그리고 이은형은 알지 못했지만, 내가 처음이라고는 믿기지 않을 정도로 인터뷰를 잘하는 것에는 이유가 있다.

이번 생은 첫 인터뷰였지만, 영화 제작자로 살았던 지난 생에는 인터뷰를 많이 경험했기 때문이었다.

"그럼 진우 군부터 인터뷰 시작할게요. 이번 수학 능력 시험에서 만점을 획득한 비결, 무엇인가요?"

"어머니의 말씀을 믿었기 때문입니다."

"어머니가 진우 군에게 무슨 말씀을 해 주셨는데요?"

"넌 머리가 나쁜 게 아니다. 엄마 닮아서 머리는 좋은데 공부를 안 해서 성적이 안 나오는 거다. 마음잡고 공부하면 금방 성적이 올라갈 거다. 늘 이렇게 말씀해 주셨습니다. 그리고 그 말을 믿었던 덕분에 도중에 포기하지 않고 끝까지 공부를 계속할 수 있었습니다. 이것이 수능 만점을 받은 비결인 것 같습니다."

'교과서 위주로 공부했습니다.'

'예습과 복습을 빼먹지 않은 덕분인 것 같습니다.'

'학교 수업에 충실했던 덕분인 것 같습니다.'

수학 능력 시험 이전 학력고사 만점자들이 인터뷰에서 했던 단골 레퍼토리들이었다. 그렇지만 난 인터뷰 시작부터 단골 레퍼토리들과는 다른 레퍼토리를 꺼냈다.

예상과 다른 전개에 대중들은 흥미를 느끼는 법.

이게 인터뷰를 잘하는 요령이고, 난 그 요령대로 인터뷰를 끌고 갔다.

그러자 예상대로 이은형이 흥미를 드러냈다.

"그 말은 진우 군이 처음부터 공부를 잘한 것은 아니었다는 뜻인가요?"

내가 바로 대답하지 않고 뜸을 들이자, 엄마가 대신 나섰다.

"우리 진우가 날 닮아서 머리가 아주 좋았는데 공부에 관심이 없었어요. 그래서 고등학교 2학년 때까지도 반에서 성적이 하위권이었어요. 그런데 고3이 된 후에 정신을 차리고 공부를 열심히 하더니 수능 만점을 받았다니까요. 솔직히 말하면 우

리도 진우가 수능 만점을 받았다는 게 아직 믿기지 많을 정도
랍니다, 호호."

"고2 때까지는 성적이 반에서도 하위권이었는데 고3 때 갑
자기 성적이 상승해서 전교 1등을 하고 수능 만점까지 받았
다는 뜻이죠?"

"그렇다니까요."

"아버님."

"네? 네."

"아버님이 보시기에는 진우 군이 고3이 된 후 갑자기 성적
이 상승한 이유가 무엇이라고 생각하세요?"

"저도 잘 모릅니다. 다만 확실한 건 하나 있습니다."

"그 확실한 게 뭔가요?"

"애 엄마를 닮아서 머리가 좋았던 건 아닙니다."

"어머, 이 사람이 지금 뭐라는 거야? 진우는 날 닮아서 머리
가 비상했다니까요. 아까 진우도 자기 입으로 날 닮아서 머리
가 좋았다고 인정했잖아요."

"그건 진우가 당신 기분 좋으라고 그냥 한 말이고."

'긴장 풀리셨네.'

카메라 앞에서도 티격태격하시는 부모님의 모습을 보며 내
가 희미한 미소를 머금었을 때였다.

"혹시 진우 군이 고3에 올라갈 무렵, 아버님이 특별히 따로
하신 말씀은 없으셨나요?"

이은형이 아버지에게 질문했다.

"음, 특별히 한 말은 없었던 것 같습니다. 아, 서울에 있는 대학에 진학하지 못하면 등록금을 내주지 않겠다는 말을 했던 기억은 납니다."

"아, 네."

기대했던 대답이 아니기 때문일까.

이은형이 실망한 기색을 드러냈을 때, 아버지가 덧붙였다.

"믿었습니다."

"네?"

"진우가 언젠가는 정신을 차리고 공부할 거라고 믿었습니다. 어쩌면 그 믿음 덕분에 진우가 바뀐 건지도 모르겠습니다."

가슴 밑바닥에서 울컥하는 감정이 치민다.

스스로 생각해도 한심했던 예전의 내 모습.

그런데도 아버지는 굳건한 믿음을 갖고 있었다.

그런 아버지의 진심이 느껴져서 감동이 밀려온다.

"진우 군."

"말씀하시죠."

"전국의 학부모님들이 궁금해하실 텐데. 고3이 된 후에 성적을 급상승시켜 수능 만점까지 획득하게 한 공부 비결을 알려 줄 수 있나요?"

이은형의 질문에 내가 대답했다.

"말 그대로 비결입니다."

"······?"

"그냥 알려 드릴 수는 없죠."

*   *   *

〈이번 수학 능력 시험 유일한 만점자 서진우 군 인터뷰. 고2 때까지 반에서 하위권에 머물렀던 서진우 군이 수능 만점을 획득한 비결은?〉

"제목 잘 뽑았네."

이은형 기자가 작성한 동양일보 기사의 제목을 확인한 내가 감탄했다.

직접 인터뷰를 한 당사자였기에 성적이 급상승한 비결을 알려 주지 않았다는 사실을 내가 가장 잘 알고 있다.

그럼에도 불구하고 기사 제목을 이렇게 뽑아 놓으니, 마치 성적이 급상승한 비결이 기사에 적혀 있을 거란 기대감이 들었다.

이게 기사 제목을 잘 뽑았다고 판단한 이유.

그럼 굳이 기사 내용까지 읽어 볼 필요는 없다고 난 판단했다.

그렇지만 가족들은 달랐다.

"어머, 사진이 너무 안 받았다."

엄마는 사진발이 너무 안 받았다는 이유로 절망했다.

그렇지만 내가 보기엔 실물과 별 차이가 없었다.

"이 정도면 대국민 사기극 아냐?"

기사 내용을 꼼꼼히 훑어본 누나는 비결이 적혀 있다는 기사의 제목과 달리 기사 내용에 비결이 적혀 있지 않다는 것을 깨닫고 흥분했다.

그래서 대국민 사기극이라고 주장하던 누나가 내게 은근한 시선을 던지며 물었다.

"진짜 비결이 뭐야?"

"그냥 알려 줄 순 없다니까."

"우리는 피를 나눈 가족이잖아. 가족끼리 이렇게 야박하게 굴 거야?"

"비결을 알아서 뭐 하게?"

"나도 재수할까 해서."

누나가 두 눈을 빛내며 대답했다.

"포기해."

"왜 포기하란 거야?"

"비결을 알려 줘도 누나는 나처럼 될 수 없으니까."

회귀.

고2 때까지 반에서도 하위권이었던 내 성적이 고3 시작과 함께 급상승하면서 수능 만점까지 획득할 수 있었던 비결이었다.

그러니 이 비결을 알려 줘도 누나는 나처럼 될 수 없다.

"완전 재수 없어."

누나의 말처럼 내가 했던 인터뷰는 재수 없게 느껴질 수 있었다.

끝내 고3이 된 후 성적이 급상승한 비결을 밝히지 않았으니까.

그렇지만 내가 재수 없게 느껴지는 인터뷰를 한 데에는 나름 이유가 있었다.

'세상 사람들의 생각은 다 다르니까.'

내 인터뷰 기사를 읽고 난 후 재수 없다고 생각하는 이들이 태반이리라.

그러나 그들 중 일부는 부러워할 것이었다.

그리고 내가 노린 것은 날 부러워하는 사람들의 관심이다.

*　　　　*　　　　*

"슬슬 준비할 때가 됐네."

수학 능력 시험에서 만점을 획득했으니 한국대학교 입학은 따 놓은 당상이었다. 그리고 난 한국대학교 법학과에 진학하기로 일찌감치 마음을 굳혔다.

사법 고시를 봐서 법조인이 되는 것.

나쁘지 않은 선택이었다.

판사, 검사, 변호사 등등.

사 자 전문직 법조인이 된다면 경제적 풍요가 보장되니까.

그렇지만 새 인생을 살게 된 내 꿈은 법조인이 되는 게 아니었다.

회귀를 해서 다시 인생을 살 수 있는 기회를 얻은 난 일찌감치 꿈을 정했다.

컬처 크리에이터.

먼 미래에 한류라 불리는 거대한 흐름을 선도하는 컬처 크리에이터가 되는 것이 새 인생을 살아가는 내 꿈으로 정했다.

그럼에도 불구하고 내가 한국대학교 법학과에 진학하려는 이유는 상징성 때문이었다.

한국대학교 학생이라고 해서 다 같은 한국대학교 학생이 아니었다.

한국대학교 법학과는 한국대학교 내에 존재하는 다른 학과와 또 달랐다. 대한민국 최고 대학 최고 학과라는 상징성을 갖고 있기 때문이다.

그리고 한국대학교 인맥을 절대 무시할 수 없다. 일단 한국대학교 법학과에 입학하는 것만으로도, 지잡대를 졸업했던 지난 생과는 전혀 다른 출발선 앞에 설 수 있게 되는 것이었다.

그리고 한국대학교 진학이 확정된 순간, 컬처 크리에이터라는 꿈을 이루기 위한 준비에 본격적으로 돌입했다.

그런 내 첫걸음은… 영화 제작이다.

성공하지 못한 영화 제작자.

지난 생의 내 포지션이다. 그리고 성공하지 못한 영화 제작자로 끝났던 지난 생에 대한 미련 때문에 내가 영화 제작을 준비하려는 것은 아니다.

영화 제작은 내가 가장 잘 알고 있는 분야.

성공한 영화 제작자가 되면 컬처 크리에이터라는 내 꿈을 이루기 위한 초석 역할을 할 것이기 때문이었다.

"영화 제작사 이름을 뭘로 할까?"

영화를 제작하기로 결심한 후, 가장 먼저 한 일은 영화 제작사를 설립하는 것이었다.

영화 제작사를 설립한다고 하니 무척 그럴듯하고 복잡해 보이지만, 실상은 무척 간단하다.

영화 제작업이 신고업이기 때문이다.

즉, 자본금 따위는 없이 내가 영화를 제작하기 위해서 영화 제작사를 설립했다고 신고만 하면 끝나는 것이었다.

그리고 이것이 세상에 영화 제작자들이 많은 이유다.

한 해에 개봉되는 상업 영화 작품 수는 대략 40~50여 편.

그렇지만 영화 제작사 대표는 수천 명인 이유는 신고만 하면 영화 제작사를 차려서 대표가 될 수 있기 때문이다.

영화 제작사 대표들 가운데 양아치들이 많은 이유이기도 했고.

어쨌든 내 입장에서는 영화 제작업이 신고업인 것이 다행이었다.

복잡한 절차를 거치지 않아도 되기 때문이었다.

내가 고민하는 것은 새로 설립한 영화 제작사의 이름.

이전 생에 내가 설립했던 영화 제작사의 이름은 '월광'.

'월광'이란 이름을 다시 사용하는 것이 가장 쉬운 방법이었다.

그러나 난 '월광'이란 이름 대신 다른 이름을 사용하기로 결심했다.

"새 술은 새 부대에 담아야지."

이전 생에 내가 세웠던 영화사 월광은 성공한 영화 제작사가 아니었다.

기회를 얻어 새로 살고 있는 이번 생에는 다른 이름을 사용하고 싶었다.

'뭐가 좋을까?'

한참을 고민한 끝에 난 마음에 쏙 드는 이름을 떠올렸다.

"레볼루션필름."

영단어 레볼루션(Revolution)의 뜻은 혁명.

이번 생에는 정체된 한국 영화계에 혁명을 일으킬 수 있는 작품들을 제작하고 싶었고, 그래서 '레볼루션필름'이란 이름이 무척 마음에 들었다.

다음으로 한 일은 명함을 만드는 것이었다.

수능 만점을 받은 덕분에 부모님께 용돈을 받을 수 있었고 그 돈으로 명함을 제작했다.

덕분에 내 통장 잔고가 줄어들었지만 걱정은 되지 않았다.

어디까지나 더 큰 돈을 벌어들이기 위한 투자였기 때문이었다.

—레볼루션필름(Revolution Film) 대표 서진우.

대표 서진우라고 적혀 있는 명함을 받아 든 난 설렘을 느끼며 각오를 다졌다.

"이제부터 시작이다."

$$* \qquad * \qquad *$$

"텔 미 에브리씽!"

영화 제작을 결심하고 난 후, 첫 작품을 어느 작품으로 결정할까에 대해서 꽤 오랫동안 고민했다. 그리고 장고 끝에 내가 선택한 작품은 '텔 미 에브리씽'이었다.

'텔 미 에브리씽'은 1999년 겨울에 개봉했던 작품이었다.

전국 관객을 약 300만 명가량 끌어모았던 흥행작.

2010년 이후에는 천만 관객 이상을 동원하는 영화들이 자주 등장했지만, 1990년대에는 달랐다.

300만 명의 관객을 끌어모으면 흥행에 크게 성공한 셈이었다.

그리고 내가 '텔 미 에브리씽'을 첫 작품으로 결정한 이유는 흥행작이기 때문만은 아니었다.

만약 흥행 성적만 놓고 제작할 작품을 결정했다면?

'텔 미 에브리씽'이 아니라 '시리'를 선택하는 게 맞았다.

'텔 미 에브리씽'과 마찬가지로 1999년에 개봉했던 '시리'가

동원한 관객 수는 대략 620만 명.

'텔 미 에브리씽'보다 약 두 배 가까이 더 많은 관객들을 동원했다.

그럼에도 불구하고 내가 '시리'가 아닌 '텔 미 에브리씽'을 선택한 데는 몇 가지 이유가 있었다.

우선 제작 여건.

'시리'는 CG가 많이 들어간 작품이었다.

물론 2020년 대 영화의 CG를 경험했던 내 눈에 비친 '시리'의 CG는 한심한 수준이었다.

그러나 CG 기술이 발달하지 않은 1990년대임을 감안하면 '시리'의 CG는 실험적이라고 부를 수 있을 정도로 획기적이었다.

또, CG를 구현하기 위해서 거액을 쏟아부어야 했다.

그리고 액션 스릴러 장르이기 때문에 제작비가 많이 소요되는 '시리'를 막 고등학교를 졸업하는 현재의 내가 제작하는 것은 불가능했다.

차라리 심리 스릴러 장르인 '텔 미 에브리씽'을 제작하는 것이 현실성이 있었다.

물론 '텔 미 에브리씽'을 제작하는 것도 '시리'를 제작하는 것과 비교하면 상대적으로 제작 가능성이 높다는 뜻일 뿐.

결코 쉬운 일은 아니었다.

다음 이유는 '텔 미 에브리씽'이 내가 무척 좋아했던 영화라는 점이었다.

1999년에 '텔 미 에브리씽'이 개봉했을 때만 해도, 심리 스릴러라는 장르는 무척 희귀했다. 그리고 난 실험성이 강했던 작품인 '텔 미 에브리씽'에 관심을 가졌고, 구조와 반전을 익히기 위해서 수십 번씩이나 보았었다.

"당신의 전부를 알고 싶어. 당신이 알고 있는 당신보다 더 많이. 그러니 내게 당신의 모든 걸 말해 줘."

그래서 '텔 미 에브리씽'의 남주인공이 했던 대표 대사뿐만 아니라, 극 중 등장인물들의 대사를 모두 외우고 있을 정도였다.

심지어 '텔 미 에브리씽'을 예로 들어서 신인 PD들 앞에서 강의까지 했던 적도 있었다.

즉, 지금 당장 '텔 미 에브리씽'의 시나리오를 써도 1999년에 개봉했던 '텔 미 에브리씽'에 전혀 밀리지 않는 시나리오를 쓸 수 있었다.

마지막이자 세 번째 이유는 '텔 미 에브리씽'이 영화 제작사 평화필름에서 제작한 작품이기 때문이었다.

"심대평!"

2020년에 호스피스 병동에서 쓸쓸히 죽어 가고 있던 날 찾아와서 자신이 회귀자라고 고백했던 심대평이 바로 평화필름의 대표였다.

예전의 내게 심대평은 넘사벽이나 다름없던 영화 제작자였지만, 지금의 나는 그를 질투하지 않는다.

오히려 그에게 감사한 마음을 갖고 있었다.

심대평이 호스피스 병동으로 찾아와서 자신이 회귀자라는 고백을 해 준 덕분에 내가 두 번째 인생을 살 수 있는 기회를 얻었기 때문이었다.

그리고 '텔 미 에브리씽'은 심대평이 설립한 영화 제작사 평화필름의 창립 작품이었다.

예전에는 실험적 수작이자 흥행작인 '텔 미 에브리씽'을 제작한 심대평의 능력에 감탄을 금치 못했었는데, 지금은 아니다.

심대평이 회귀자란 사실을 알고 있기 때문이다.

"'텔 미 에브리씽'이 흥행할 거란 사실을 알고 있었던 거야."

심대평이 '흥행의 신'이란 호칭을 얻은 것.

그가 회귀자였기 때문이었다.

미래에 흥행할 작품을 이미 알고 있었기에 그가 제작하는 작품마다 흥행에 성공했던 것이었다.

'텔 미 에브리씽'이란 작품도 마찬가지.

"이 작품을 선점한다고 해서 세상의 균형이 무너지지는 않을 거야."

내가 혼잣말을 꺼냈다.

"예쁘고 귀엽고 아리땁기까지 한 나 같은 깜찍한 소녀와 흉측한 저승사자가 어울린다고 생각하세요? 전 요정이랍니다. 회귀자들에 의해서 세상의 균형이 무너지는 것을 방지하기 위해서 존재하는 요정이죠. 아까 심대평 씨처럼 이 세상에는 회귀자들이 활동하고 있어요. 그 회귀자들 중에는 좋은 사람도 많지만 질 나쁜 사람도 많죠. 그 질 나쁜 회귀자들이 너무 과한 욕심을 부려서 이 세상의 균형을 무너뜨리는 것을 방지하는 것, 그게 제 임무랍니다."

자칭 요정이 했던 말을 난 기억하고 있었다.

요정의 임무는 회귀자들이 과한 욕심을 부려서 이 세상의 균형을 무너트리는 것을 방지하는 것.

그 이야기를 들었기에 난 세상의 균형을 무너트릴 정도로 과한 욕심을 부리는 것을 부지불식간에 신경 쓰며 경계하고 있었다.

'텔 미 에브리씽'의 제작자는 심대평.

그러나 그 역시 원래는 다른 사람이 제작했어야 할 작품을 선점한 것 뿐이었다. 그리고 그 후에도 심대평은 잘 먹고 잘 살았다.

이것이 의미하는 것.

'텔 미 에브리씽'을 누가 선점하더라도 세상의 균형이 무너질 정도로 후폭풍이 크지는 않는다는 뜻이었다.

그리고 하나 더.

심대평은 지난 생에 내 존재로 인해 위기감을 느끼고 구설수에 휘말릴 한정우를 영화사 월광으로 보내 〈Daddy〉에 출연하도록 계략을 짰던 장본인.

"역습을 시작해야지."

심대평에게 복수하고 싶었다.

'텔 미 에브리씽'이 1999년에 개봉했으니, 심대평도 슬슬 제작 준비를 시작할 때였다.

"일단 시나리오를 쓰자."

'텔 미 에브리씽'이란 작품을 심대평보다 선점하기 위해서 난 일단 시나리오를 써 내려가기 시작했다.

이미 외우다시피한 '텔 미 에브리씽'의 시나리오를 새로 쓰는 것.

전혀 어려울 것이 없었다.

밤을 꼬박 새워서 시나리오를 완성한 난 버스를 타고 충무로로 향했다.

2020년에는 영화 제작사들이 강남과 논현, 상암동 등으로 분산됐다.

그렇지만 1990년대까지는 대부분의 영화사들이 충무로에 모여 있었다.

버스를 타고 충무로에 도착한 내가 찾아간 영화사는 유니버스필름이었다.

4층 건물의 꼭대기 층에 위치해 있는 유니버스필름에 도착한 나는 망설이지 않고 벨을 눌렀다.

딩동.

"누구세요?"

사무실 안에서 날카로운 여자 목소리가 흘러나왔다.

"서진우라고 합니다."

"누구요?"

"어제 전화드렸던 서진우입니다."

난 무작정 유니버스필름에 찾아온 것이 아니다.

하루 전에 유니버스필름에 전화를 걸어서 내 방문을 알렸다.

"아, 서진우 씨."

그제야 내 이름을 기억해 내는 데 성공한 듯 여자가 사무실 문을 열어 주었다.

"어?"

"어?"

그리고 문이 열린 순간, 여자와 내가 동시에 놀랐다.

'진짜 미인이었네.'

내가 놀란 이유였다.

유니버스필름의 이현주 대표.

그녀는 이전 생에 나와 친분이 있었다.

여자지만 남자보다 더 성격이 털털하고 추진력이 있었기에 간혹 술을 마시거나 밥을 먹으며 어울렸었다.

"내가 젊을 때 고생을 워낙 심하게 해서 지금은 얼굴이 이렇지만, 소싯적엔 핑크블랙 초아보다 더 예뻤어."

적당히 취기가 올랐을 때마다, 이현주 대표가 입버릇처럼 했던 주장이었다.

참고로 초아는 유명 걸그룹인 핑크블랙의 외모 담당이었던 걸그룹 멤버였다.

예전에 그 말을 들었을 때 코웃음을 쳤었는데.

24년 전인 1996년의 이현주 대표는 미인이었다.

그래서 이현주 대표에게서 시선을 떼지 못한 채 내가 말했다.

"정말… 미인이셨네요."

*　　　　*　　　　*

'너무… 어리잖아.'

사무실 문을 열고 서진우 대표의 얼굴을 확인한 순간, 이현주는 당황했다.

얼굴이 너무 앳돼 보였기 때문이었다.

'많이 봐야 대학생?'

그래서 이현주가 서진우의 얼굴에서 시선을 떼지 못하고 있을 때였다.

"정말… 미인이셨네요."

서진우 역시 놀란 표정으로 말했다.

"날… 본 적 있어요?"

"네, 인터뷰를 하셨던 영화 관련 잡지에서 사진으로 본 적이 있습니다. 사진보다 실물이 훨씬 더 아름다우시네요."

미인이라는 말을 싫어하는 여자는 없다.

그것은 이현주도 마찬가지였다.

그래서 서진우에 대한 호감도가 상승한 이현주가 입을 뗐다.

"좀 놀랐어요."

"왜 놀라셨습니까?"

"제 짐작보다 훨씬 어려 보여서요."

"그런 얘기 많이 듣습니다. 그런데 계속 여기 서서 얘기해야 하는 겁니까?"

"아, 내 정신 좀 봐. 안으로 들어오세요."

이현주가 서진우를 소파로 안내한 후 물었다.

"사무실이 작고 허름하죠?"

"이 정도면 준수한 편인데요. 사무실조차 없는 영화 제작사도 부지기수이니까요."

'아주… 초짜는 아니네.'

서진우의 대답을 들은 이현주가 새삼스러운 시선을 던졌다.

앳돼 보이는 외양을 확인하고 살짝 무시했던 마음이 없었다면 거짓말이었다.

괜한 시간 낭비를 하는 것이 아닌가 하는 불안감도 있었고.

그랬던 이현주의 생각이 살짝 바뀌었을 때였다.

"유니버스필름과 공동 제작을 하고 싶습니다."

서진우가 말했다.

"방금 뭘 하자고 했어요?"

"유니버스필름과 제가 대표를 맡고 있는 레볼루션필름이 함께 작품을 제작했으면 좋겠다고 말씀드렸습니다."

이현주가 슬쩍 눈살을 찌푸렸다.

한 편의 영화를 제작해서 개봉시키는 것.

무척 지난한 작업이었다.

그런데 눈앞의 서진우가 영화 제작을 너무 쉽게 생각하는 것 같아서 자연스레 반감이 생긴 것이었다.

"학생인가요?"

"네."

"보아하니 영화과 다니는 대학생 같은데 유니버스필름은 상업 영화를 제작하는 회사예요. 단편 영화를 제작할 거라면……."

"영화과 다니지 않습니다. 법학과 다닙니다. 그리고 단편 영화를 제작할 게 아니라 장편 상업 영화를 제작할 겁니다."

"혹시 레볼루션필름에서 이전에 제작해서 개봉한 작품이 있나요?"

"아직 없습니다."

레볼루션필름에서 제작해서 개봉한 작품이 없다는 대답을 꺼내는 서진우의 태도.

무척 당당했다.

그로 인해 이현주가 오히려 당황했을 때였다.

"수익 배분 비율은 5 대 5로 했으면 합니다."

"5 대 5… 요?"

공동 제작의 경우, 제작에 참여한 제작사들이 수익 배분을 했다. 그리고 서진우는 수익 배분은 5 대 5로 하자고 제안하고 있었다.

"레볼루션필름에서 프리 프로덕션을 맡겠습니다. 그러니 유니버스필름에서 손해를 볼 일은 없습니다. 공동 제작 하는 작품이 흥행에 성공하면 이득을 보겠죠."

"프리 프로덕션 과정을 레볼루션필름에서 전부 맡는다고 했어요?'

"네."

"그럴 거라면 레볼루션필름 단독으로 제작하는 편이 낫지 않나요?"

"물론 그 말씀이 맞습니다. 하지만 한 가지 문제가 있습니다."

"어떤 문제죠?"

"신생 제작사인 레볼루션필름과 레볼루션필름의 대표인 저를 신뢰하지 않을 가능성이 높다는 점입니다. 대표님처럼요. 제가 아직 고등학생이거든요."

"방금… 고등학생이라고 했어요?"

"네."

"아까 법학과 다닌다고 말했잖아요?"

"법학과에 진학할 예정입니다."

이현주가 황당한 표정을 지었다.

서진우가 당연히 대학생일 거라 짐작했는데.

이현주의 짐작보다 서진우는 더 어렸다. 그리고 지금까지 고등학생인 서진우와 대화를 나눴다는 것이 시간 낭비였다는 생각이 들어서 불쾌한 마음이 들었을 때였다.

"불쾌하십니까?"

마치 이현주의 속내를 꿰뚫어 본 것처럼 서진우가 물었다.

"당연히……."

"저 역시 불쾌합니다."

"왜 불쾌한 거죠?"

"단지 나이가 어리다는 것만으로 저를 판단하고 있으니까요."

"그건……."

"고정 관념이죠. 그리고 영화를 만드는 예술가들은 특히 그런 고정 관념에 갇혀서는 안 된다고 생각합니다."

서진우와 대화를 나누던 이현주는 둔기로 뒤통수를 한 대 얻어맞은 것처럼 번쩍 정신이 들었다.

예술 분야에서 중요한 것은 나이가 아니라 천재성이었다.

실제로 어린 나이에 천재성을 발휘하는 경우도 부지기수였으니까.

그런데 방금 전 자신이 나이가 어리다는 이유로 그의 실력까지 형편없을 거라는 고정 관념에 갇혀 있었다는 사실을 깨달았기 때문이었다.

"정식으로 사과하죠."

이현주가 자신의 실수를 깔끔하게 인정했다.

"그럼 이제 제대로 이야기를 나눌 준비가 끝난 것 같군요. 대표님은 제가 뭘 믿고 이렇게 자신만만할까? 이런 의문을 품으셨을 겁니다. 맞습니까?"

"그래요."

"믿는 구석이 있기 때문입니다."

"믿는 구석이 있다? 그 믿는 구석이 뭐죠?"

"좋은 시나리오입니다."

"……?"

"우선 이 시나리오부터 보시죠."

서진우가 가방에서 두툼한 시나리오 책을 꺼내며 말했다.

'텔 미 에브리씽'.

시나리오 책에 적혀 있는 제목을 확인한 후, 이현주가 물었다.

"이 작품이 레볼루션필름에서 제작하려는 작품인가요?"

"그렇습니다."

"이 시나리오 책을 건네는 이유는요?"

서진우가 대답했다.

"일단 시나리오를 검토해 보시고 난 후에 레볼루션필름과 공동 제작 여부를 결정해 주셨으면 합니다."

*   *   *

유니버스필름의 대표작은 '홍길동이 돌아왔다'였다.

1995년에 개봉해서 관객 21만 명을 동원한 '홍길동이 돌아왔다'의 흥행 성공 덕분에 유니버스필름에 투고되는 시나리오는 한 주에 스무 편이 넘었다.

투고되는 시나리오는 대부분 신인 작가의 작품.

그리고 이현주는 회사에 투고된 시나리오를 거의 읽지 않았기 때문에 열에 아홉은 쓰레기통으로 직행했다.

'텔 미 에브리씽'이란 시나리오 역시 투고로 들어왔다면 쓰레기통으로 직행하는 운명이었으리라.

그러나 서진우를 직접 만나 대화를 나눈 후, 이현주는 '텔 미 에브리씽'이란 시나리오에 흥미를 느꼈다.

"후우."

약 세 시간에 걸쳐서 '텔 미 에브리씽' 시나리오를 완독한 후, 이현주가 긴 한숨을 내쉬었다.

"담배가 땡기네."

힘들게 끊었던 담배가 다시 당겼다.

'텔 미 에브리씽' 시나리오가 형편없어서가 아니었다.

고등학생인 서진우가 제작하려는 '텔 미 에브리씽'이란 작품의 완성도가 너무 뛰어나서 자괴감이 들어서였다.

"작가가 대체 누구지?"

서진우는 고등학생이지만 영화 제작사 레볼루션필름의 대표.

직접 시나리오를 썼을 가능성은 낮았다.

그래서 '텔 미 에브리씽'이라는 완성도 높은 시나리오를 집

필한 작가가 누구인지, 그리고 이렇게 실력 있는 작가를 서진우가 어떻게 구했는가에 대한 흥미가 생겼다.

그때, 사무실 문이 열리고 오승완이 들어왔다.

"이 대표, 밥 먹었어?"

"밥? 아직 안 먹었는데."

"아홉 시가 넘었는데 왜 아직 저녁을 안 먹었어?"

"어, 검토할 시나리오가 있어서."

"나가자."

"어딜?"

"저녁 먹으러 나가자고. 삼겹살에 소주 한잔, 어때?"

"좋아."

오승완은 유니버스필름과 계약한 영화 감독이자, 이현주의 남편이었다.

오승완의 팔짱을 끼고 사무실 근처 고깃집에 들어간 이현주는 소주부터 주문했다.

담배 생각 못지않게 술 생각도 간절했기 때문이었다.

"크으."

바로 잔을 채우고 비우자마자, 오승완이 술병을 향해 손을 뻗으며 물었다.

"이 대표, 무슨 일 있어?"

"일? 있지."

"심각한 문제야?"

"생각하기 나름인데……."

'이걸 문제라고 부를 수 있나?'

이현주가 말끝을 흐리며 생각에 잠겼을 때였다.

"그럼… 다음에 부탁해야겠네."

오승완이 어깨를 으쓱하며 말했다.

"무슨 부탁인데?"

"별거 아냐."

위축된 표정으로 대답하는 오승완을 확인한 이현주가 슬쩍 눈살을 찌푸렸다.

자신감 없는 오승완의 태도가 신경을 거슬리게 만들었기 때문이었다.

그런 이현주가 떠올린 것은 서진우였다.

서진우는 고등학생 신분이었다. 그럼에도 불구하고 자신의 앞에서 당당한 태도를 견지했었다.

당당하던 서진우의 모습과 자신감 없는 오승완의 태도.

자꾸 비교가 됐다.

'이러면 안 돼!'

부부간에 가장 나쁜 행동 중 하나가 배우자를 타인과 비교하는 것임을 알고 있는 이현주가 생각을 떨쳐 버리기 위해서 노력하며 물었다.

"무슨 부탁인지 말해 봐."

"괜찮겠어?"

"괜찮다니까."

흥분한 나머지 언성을 높이자, 가뜩이나 축 처져 있던 오승완의 어깨가 더욱 처졌다.

그제야 자신의 실수를 깨달은 이현주가 흥분을 가라앉히기 위해 애쓰며 말했다.

"진짜 괜찮으니까 말해 봐."

"실은 전에 말했던 시나리오 작업을 마쳤어. 그래서 이 대표가 검토를 한번 해 줬으면 하는데⋯⋯."

"그게 뭐 그리 어려운 부탁이라고 그렇게 뜸을 들여. 줘 봐."

"지금?"

"쇠뿔도 단김에 빼라고 했잖아."

잠시 머뭇거리던 오승완이 가방에서 출력한 시나리오 책을 꺼내서 내밀었다.

'열두 번째 남자'

표지에 적힌 제목이었다.

잠시 제목을 바라보던 이현주가 책장을 한 장씩 넘기기 시작했다. 그리고 10페이지까지 시나리오를 읽은 후, 이현주가 책을 덮었다.

"왜 벌써 덮어?"

"재미없어."

"그⋯ 래?"

오승완의 낯빛이 어두워졌다. 그리고 좌절한 오승완을 확인한 이현주의 마음이 약해졌다.

그렇지만 이현주는 이내 약해지려던 마음을 다잡았다.

남편이기 이전에 오승완은 유니버스필름과 계약된 영화 감독이었다.

재미없는 시나리오를 보고 재밌다고 말해 줄 수는 없었다.

"시나리오 초반부에 흥미를 잡아끌지 못한다는 뜻이지?"

"응."

"그럼 초반부를 수정하면 승산이 있을까?"

"아니."

오승완의 남편이 아닌 유니버스필름 대표로 돌아온 이현주가 딱 잘라 말했다.

"그럼 다른 작품을 구상해야겠네."

그리고 오승완이 낙담한 표정으로 새 작품을 구상하겠다는 말을 꺼낸 순간, 이현주가 말했다.

"하지 마."

"응?"

"새 작품 구상하기 전에 이 책부터 한번 읽어 봐."

"무슨 책인데?"

"그건 나중에 말해 줄게. 일단 한번 읽어 봐."

오승완에게 선입견을 심어 주지 않기 위해서 '텔 미 에브리씽'에 대한 정보를 일제 제공하지 않은 채 이현주가 시나리오 책을 건네며 덧붙였다.

"이 책이 기준점이야."

*　　　　*　　　　*

내가 수많은 영화 제작자 중 유니버스필름 이현주 대표를 찾아가 공동 제작을 제안한 데는 이유가 있다.

"시나리오를 보는 안목이 정확해."

이현주가 설립한 유니버스필름은 2020년에도 성업 중이었다.

수명이 짧기로 소문난 영화 제작사가 무려 30년 가까이 버틴 것.

무척이나 이례적인 케이스였다.

그리고 이것이 가능했던 이유는 유니버스필름 이현주 대표의 시나리오를 보는 안목이 정확했기 때문이었다.

그런 이현주 대표라면 '텔 미 에브리씽' 시나리오를 검토한 후 상업성과 완성도가 아주 높다는 사실을 간파할 것이었다.

그리고 한 가지 이유를 더 꼽자면 이현주의 남편인 오승완의 존재였다.

오승완은 천재라고 소문났던 감독이었다. 그러나 단편 영화로 두각을 드러냈던 오승완은 장편 상업 영화계로 진출한 후에는 고전을 거듭했다.

미장센과 연출력은 출중했지만, 시나리오 집필 능력이 부족했기 때문이었다.

그로 인해 오승완의 장편 상업 영화 데뷔작이었던 '죽어도 죽지 않는 남자'와 차기작이었던 '불꽃놀이'는 흥행에 참패했다.

그래서 오승완 감독은 유니버스필름 이현주 대표의 아킬레스건이었다.

그렇지만 부부간의 연은 쉽게 끊을 수 있는 게 아니었다.

이현주 대표는 한때 천재라 불렸던 오승완 감독이 재기할 수 있도록 물심양면으로 돕고 있었다.

"오승완 감독이 연출을 맡아 주면 좋을 텐데."

이현주 대표가 '텔 미 에브리씽'의 시나리오를 검토하고 난 후 가치를 알아본다면, 오승완 감독에게 연출 제안을 할 가능성은 충분했다.

그것이 내가 바라고 있는 그림이었다.

유니버스필름을 찾아가 이현주 대표에게 '텔 미 에브리씽' 시나리오를 건넨 지 열흘가량 시간이 흘러 있었다.

아직 이현주 대표에게서 연락이 오기 전이었지만, 나는 전혀 초조하지 않았다.

이현주 대표에게서 분명히 연락이 올 거란 확신이 있었기 때문이었다.

따르르릉.

그때 집으로 걸려온 전화 한 통.

그렇지만 기다리고 있던 유니버스필름 이현주 대표에게서 걸려온 전화는 아니었다.

―서진우 학생 집이죠?

"그런데요."

―혹시 서진우 학생 본인인가요?

"그렇습니다만… 누구시죠?"

집으로 전화를 건 남자가 본인의 정체를 밝혔다.

―저는 대명학원 원장 장창기라고 합니다.

대명학원은 대치동에 위치한 유명 입시 학원이었다. 그리고 대명학원 장창기 원장에게서 연락이 온 순간, 나는 속으로 쾌재를 불렀다.

'왔다!'

오매불망 기다리고 있었던 연락이었기 때문이었다.

장창기 원장은 날 만나서 꼭 할 이야기가 있다고 말했다. 그리고 날 만나기 위해서 직접 운전해서 동네까지 찾아왔다.

내가 약속 장소로 정했던 커피 전문점으로 들어서자, 장창기 원장이 희끗한 머리를 쓸어 올리며 일어났다.

"여기입니다."

"대명학원 장창기 원장님?"

"맞습니다."

"저는 어떻게 알아보셨습니까?"

"동양 일보 기사에 실린 사진에서 봤습니다. 실물이 사진보다 훨씬 미남이라서 하마터면 못 알아볼 뻔했습니다."

장창기 원장이 허허 웃으며 대답했다.

'관심사일 테니까.'

장창기 원장은 유명 입시 학원인 대명학원의 원장.

올해 수학 능력 시험에서 유일한 만점을 받은 나와 관련된 기사를 찾아보지 않았을 리 없었다.

"그런데 학원 원장님께서 무슨 일 때문에 저를 만나자고 청하신 겁니까?"

"하하, 제안을 드리고 싶은 게 있어서요."

"제안요? 어떤 제안입니까?"

"혹시 아이들을 가르쳐 볼 생각이 없으십니까?"

"저더러 학원에서 아이들을 가르치란 겁니까?"

"별로 내키지 않으십니까?"

"네. 생각 없습니다."

내가 슬쩍 거절 의사를 내비치자, 장창기 원장이 아쉬운 표정을 드러냈다.

"이유를 물어도 될까요?"

"많은 학생들 앞에서 강의를 잘할 자신이 없습니다."

"생각처럼 힘들거나 어려운 일은 아닌데요."

"사람마다 생각이 다른 법이죠."

"그럼 어쩔 수 없죠."

장창기 원장이 너무 쉽게 포기하는 바람에 이번에는 오히려 내가 당황했다.

'이건 좀 의외인데.'

내가 완곡하게 거절 의사를 밝혔던 이유.

몸값을 높이기 위해서였다.

그런데 장창기 원장이 너무 쉽게 포기해 버렸다.

그때, 장창기 원장이 다시 입을 뗐다.

"보자. 아까 많은 학생들 앞에 서는 것이 부담스러워서 거절한 다고 하셨으니까 일대일이라면 얘기가 달라질 수도 있겠네요."

"일대일이라면… 과외를 말씀하시는 겁니까?"

"맞습니다."

"학원에서 과외도 합니까?"

"그건 아닙니다."

"그럼 왜……?"

"과외를 주선하려는 겁니다."

"주선… 요?"

"서진우 씨가 자녀의 공부를 지도해 주길 바라는 분들이 꽤 있거든요."

내가 주목한 것은 '분'이라는 표현이었다.

유명 입시 학원인 대명학원의 원장 장창기가 '분'이라고 지칭 하는 사람들.

거물급 인사일 확률이 높았다.

"과외를 해 보실 의향이 있으십니까?"

장창기 원장이 재차 내 의중을 물었다.

"그 질문에 답하기 전에 먼저 드리고 싶은 질문이 있습니다."

"어떤 질문입니까?"

"제가 과외를 하기로 수락하면 장창기 원장님에게는 무슨 이득이 있습니까? 혹시 중간에서 수수료를 받는 겁니까?"

지난 생에 내가 절감했던 세상의 이치 중 하나.

세상에 공짜는 없다는 것이었다.

잘나가는 입시 학원인 대명학원 원장이 직접 날 찾아와서 과외를 해 보지 않겠냐는 제안을 하는 데는 분명 어떤 이유나 목적이 있을 터.

난 그것이 중간에서 수수료를 떼는 것이라고 예상했다.

내 짐작이 맞다면 사회 고위층 자제의 과외를 제안할 것이었다.

사회 고위층 자녀의 과외라면 과외비가 거액일 확률이 높았고, 거액의 과외비 중 일부만 수수료로 챙겨도 상당히 많은 액수를 챙길 수 있을 테니까.

그런 내 짐작은 반만 맞았다.

"일종의 수수료를 받는 것은 맞습니다."

"수수료를 몇 %나 떼는 겁니까?"

"서진우 씨가 생각하는 그런 방식의 수수료를 받는 것은 아닙니다."

"네?"

"다른 방식으로 수수료를 챙깁니다."

"다른 방식이라면……?"

"학원을 운영하는 과정에서 약간의 도움을 받는 겁니다."

장창기 원장이 흐릿한 웃음을 머금은 채 대답했다.

'세무 조사 같은 걸 말하는 거구나.'

난 금세 장창기 원장의 말뜻을 이해했다.

"무슨 뜻인지 이해했습니다."

"정말 이해하셨습니까? 그럼 더 자세한 설명은 필요하지 않습니까?"

"그렇습니다."

내가 이해했다고 대답하자, 장창기 원장이 처음으로 놀란 표정을 지었다.

"대명학원의 세무 조사를 유예해 주거나, 학원 운영 과정에서 문제가 생길 때 도움을 받는다는 뜻이 아닙니까?"

'내 짐작이 맞았네.'

더욱 놀란 장창기 원장의 표정을 통해서 짐작이 맞았다는 확신을 가진 내가 다시 질문했다.

"과외비는 얼마나 됩니까?"

"그건 협의를 거쳐야 합니다."

"대략 어느 정도인지도 알 수 없습니까?"

"최소 천만 원을 생각하고 있습니다."

"1년에 천만 원이라."

보통 대학생들이 받는 과외비는 주 2회 수업 기준으로 월

20만 원 선이었다.

약 4배가량 많은 과외비를 받는 셈.

그러나 난 예비 한국대학교 법학과 학생이었다.

또, 유일한 수학 능력 시험 만점자였다.

그래서 조금 아쉽다는 생각을 속으로 했을 때, 장창기 원장이 웃으며 덧붙였다.

"연이 아니라 월에 천만 원입니다."

*   *   *

"배고프다."

사흘 동안 서재에 틀어박혀 있다가 거실로 나온 오승완이 꺼낸 첫마디는 배가 고프다는 것이었다.

"조금만 기다려. 김치찌개 끓여 놓은 게 있어."

이현주가 부엌에서 김치찌개를 데우면서 오승완의 표정을 살피고 있을 때였다.

"누구야?"

오승완이 식탁에 앉으며 물었다.

"뭐가?"

"'텔 미 에브리씽' 시나리오를 쓴 작가가 누구냐고."

"아직 나도 몰라."

"모른다고? 그럼 시나리오 책은 어떻게 구한 건데?"

"레볼루션필름 서진우 대표가 가져왔어."

"레볼루션필름?"

"처음 들어 봤을 거야. 신생 제작사니까. 내게 공동 제작을 제안했어."

"공동 제작을 제안했다고?"

"그래."

"연출은 누가 맡는데?"

"아직 결정된 것은 아무것도 없어. '텔 미 에브리씽'이란 작품을 레볼루션필름과 공동 제작을 할지에 대한 결정도 못 내린 상태거든."

이현주가 현재 진행 상황에 솔직하게 알려 주자, 오승완이 말했다.

"외식하자."

"외식?"

김치찌개를 데우고 있던 중이었기에 이현주가 슬쩍 미간을 찌푸렸을 때, 오승완이 덧붙였다.

"레볼루션필름 서진우 대표를 만나고 싶어."

*   *   *

한국대학교 법학과에 입학하면 용돈을 벌 수 있는 과외 자리 정도는 쉽게 구할 수 있다.

그럼에도 불구하고 내가 한국 교육 개발원에 복수 정답이 존재하는 문항이 있다는 이의 제기까지 번거롭게 하면서 수학 능력 시험 만점에 집착한 것,

또, 수능 만점자 자격으로 일간지와 인터뷰를 하는 과정에서, 고2 때까지 반에서 성적이 하위권이었다가 고3이 되고 난 후 성적이 급상승했다는 내 이력을 공개한 것.

그리고 고3이 되고 난 후 성적이 급상승해서 수능 만점을 획득할 수 있었던 비결을 끝내 공개하지 않았던 것.

사업 자금을 마련할 수 있는 고액 과외를 하기 위해서 그렸던 큰 그림이었다.

그 큰 그림은 빛을 발했다.

월 천만 원의 과외비, 거기에 과외를 받는 학생의 성적 향상에 따른 인센티브까지.

날 찾아왔던 장창기 원장이 약속했던 것들이었다.

'내가 몰랐던 세상이구나.'

자식의 공부를 위해서 월 천만 원을 기꺼이 지불하는 사회 고위층.

지난 생의 나는 미처 알지 못했던 그들만의 세상이었다.

그리고 이번 생의 나는 그들만의 세상에 편입했다.

"진우야."

"왜?"

"전화 왔어. 이현주 대표라는데."

'왔구나.'

거실에서 들려온 누나의 외침을 듣고서 난 방을 빠져나갔다.

"서진우입니다."

—지금 바빠요?

"딱히 바쁘지는 않습니다."

—그럼 같이 식사할래요?

"그러시죠. 사무실로 찾아가면 됩니까?"

—준비해서 집 밖으로 나오세요. 집 앞에서 기다리고 있으니까요.

"알겠습니다. 10분만 기다려 주십시오."

Chapter. 4

집 앞까지 찾아왔다?'

이현주 대표가 직접 집 앞까지 찾아왔다는 것.

긍정적인 답변을 할 가능성이 높다는 뜻이었기에 내가 속으로 쾌재를 불렀을 때였다.

"이현주 대표가 누구야?"

누나가 호기심 가득한 시선을 던지며 물었다.

"일 때문에 만난 사람이야."

"일? 무슨 일?"

"그런 게 있어."

대충 얼버무리려고 했지만, 누나는 쉽게 물러나지 않았다.

"무슨 일 때문에 만났는데?"

"나중에 알려 줄게."

"지금 말해."

누나는 집요한 구석이 있었다. 이대로라면 집을 빠져나가기 어렵다고 판단한 내가 입을 뗐다.

"영화사 대표야."

"영화사 대표? 영화사 대표가 왜 널 만나?"

"혹시 길거리 캐스팅이라고 들어봤어?"

"길거리 캐스팅이면… 길 걷다가 캐스팅 제안 받아서 연예인 되는 것?"

"대충 비슷해. 내가 잘생겼다고 영화사에서 준비하는 작품에 출연해 보는 것 어떠냐고 그러더라."

"말도 안 돼."

"왜 말도 안 된다고 생각해?"

"그거야……."

"나 정도면 미남 아냐?"

영화 제작사 대표 시절, 현직 배우가 아니냐는 이야기를 자주 들었을 정도로 난 꽤 미남이었고, 키도 큰 편이었다.

"부러우면 지는 거다."

누나의 입을 닫게 만든 후, 난 서둘러 외출 준비를 시작했다.

"여기예요."

이현주 대표는 하얀색 그랜저 앞에 서 있다가 날 발견하고 손을 들었다.

"집 주소는 어떻게 아셨습니까?"

"명함 받았잖아요."

"……?"

"아직 사무실까지는 마련하지 못했을 것 같고. 그래서 명함에 적힌 주소가 집 주소일 거라고 예상했어요."

'역시 똑똑해.'

내가 새삼스러운 시선을 던질 때, 이현주 대표가 그랜저 뒷좌석 문을 열었다.

"타요."

"네?"

"납치하는 것 아니니까 걱정하지 말고 타요."

"알겠습니다."

그랜저 뒷좌석에 올라탄 후, 나는 조수석에 앉아 있는 남자를 발견했다.

머리는 떡이 졌고 병자처럼 안색이 퀭했지만, 날 바라보는 눈빛만큼은 날카로운 남자.

'오승완 감독이네.'

이미 얼굴을 알고 있었기에 금세 오승완 감독을 알아봤을 때였다.

"삼겹살에 소주 한잔, 어때요?"

"법적으로 저는 아직 미성년자입니다."

"예술 하는 사람은 고정 관념에 갇히면 안 된다고 누가 말했더라?"

술을 못 마시는 영화 제작자는 드물다.

영화 제작자 일의 팔 할은 사람을 만나는 일.

처음에는 술을 입에 대지 못했던 사람도 영화 제작자 일을 하다 보면 자연스레 술이 느는 법이다.

이전 생의 나도 마찬가지였다.

거의 하루도 빼놓지 않고 술을 마셨었다.

'그래서… 죽을 뻔했지.'

말기 암 선고를 받았던 것.

그런 생활 습관과 무관하지는 않을 것이었다.

'이번 생엔 적당히 마시자. 건강 검진 빼먹지 않고 받고.'

툭, 투둑.

마침 비가 추적추적 내리기 시작하자 나도 술 생각이 났다.

"좋습니다."

약 10여 분 후, 집 근처 허름한 고깃집에 도착했다.

삼겹살 3인분을 주문한 후, 이현주 대표가 소주병을 들었다.

"오 감독, 먼저 받아."

오승완이 잔을 들지 않고 내 눈치를 살폈다.

"서진우 대표부터 줘야 하는 것 아냐?"

"아까 미성년자라서 술 마시면 안 된다고 말하던 것, 못 들었어? 나 감옥 가기 싫으니까 서 대표는 사이다 마셔요."

'쩝.'

내가 입맛을 다셨다.

간만에 소주 한 잔 마실 기회가 사라졌기 때문이었다.

"자, 여기 사이다."

쫄쫄쫄.

이현주 대표가 따라 주는 사이다를 컵에 받으면서도 내 시선은 소주병에 머물렀다.

그때, 오승완이 입을 뗐다.

"'텔 미 에브리씽'의 시나리오를 쓴 작가가 누구인지 알 수 있을까요?"

"접니다."

"네?"

"시나리오, 제가 직접 썼습니다."

"진짜 서 대표가 썼어요?"

이현주가 깜짝 놀란 표정으로 물을 때, 오승완이 소주잔을 치우고 컵에 소주를 따랐다. 그리고 컵에 가득 따른 소주를 원샷한 후, 오승완이 혼잣말을 꺼냈다.

"돌아 버리겠네."

오승완은 컵에 소주를 가득 따라서 세 잔 연속 마셨다.

좀 전까지 쾌활하던 이현주도 갑자기 말을 잃었다.

'어지간히 놀랐나 보네.'

달달한 사이다를 마시며 내가 속으로 생각했다.

'텔 미 에브리씽'의 시나리오.

한국형 심리 스릴러의 교본이라는 극찬을 받았던 시나리오
였다.

그런데 예비 대학생인 내가 그런 극찬을 받은 '텔 미 에브리
씽'의 시나리오를 썼다고 말하니 두 사람 모두 엄청난 충격을
받은 것이었다.

'자괴감을 느꼈겠지.'

천재를 만난 범재가 느끼는 자괴감이었다.

"천재 감독은 개뿔. 진짜 천재는… 여기 있었네."

한때 천재 감독이라 칭송받았던 오승완이 한숨을 내쉬며
말했다.

'좀… 미안하네.'

내가 씁쓸한 표정을 지었다.

엄밀히 말하면 난 천재가 아니었다.

회귀를 한 데다가 '텔 미 에브리씽'이란 영화를 특별히 좋
아해서 시나리오를 달달 외우고 있었던 덕분에 며칠 만에 '텔
미 에브리씽'의 시나리오를 쓸 수 있었던 것뿐이었다.

그러니 두 사람은 자괴감을 느낄 필요가 없었다.

한동안 침묵이 흘렀다. 혼자 사이다를 홀짝거리고 있을 때,
이현주가 긴 침묵을 깨트렸다.

"이렇게 하죠."

"어떻게 하자는 말씀입니까?"

"유니버스필름에서 '텔 미 에브리씽'의 시나리오는 구입할게요. 신인 작가 기준으로 최고의 대우를 해 드릴 테니 내게 시나리오를 넘기세요."

'영리해.'

'텔 미 에브리씽' 시나리오를 쓴 것이 나라는 사실을 알게 된 후, 이현주는 시나리오를 구입하겠다는 의사를 밝혔다.

시나리오만 구입해서 유니버스필름 단독으로 제작하겠다는 뜻.

'신인 작가 기준 최고 대우면… 계약금을 약 이천 정도 받을 수 있겠네.'

물론 이천만 원이 적은 돈은 아니었다. 그리고 난 불과 하루만에 '텔 미 에브리씽' 시나리오를 완성했었다.

그러니 절대 손해 보는 장사는 아니었다.

"싫습니다."

하지만 난 이현주의 제안을 딱 잘라 거절했다.

고작 이천만 원을 벌기 위해서 '텔 미 에브리씽' 시나리오를 들고 유니버스필름에 찾아갔던 것이 아니었다.

만약 공동 제작을 해서 '텔 미 에브리씽'이 흥행에 성공한다면, 그보다 몇 배, 아니, 몇십 배의 수익을 거둘 수 있다는 사실을 나는 잘 알고 있다.

"공동 제작이 아니면 '텔 미 에브리씽' 시나리오를 넘길 수 없습니다."

"그럼… 어쩔 수 없네요."

이현주가 망설이다 꺼낸 이야기를 들은 내가 미련 없이 일어났다.

"아쉽지만 다음에 좋은 인연으로 이어지길 바라야겠네요."

짤막한 인사를 건네고 내가 걸음을 옮겼다.

'다시 찾아올 거야.'

유니버스필름과 공동 제작이 무산될 위기에 처했음에도 난 초조하지 않았다.

'텔 미 에브리씽'의 시나리오를 신인 작가 기준으로 최고의 대우까지 해 주면서 구입하려 한 것이 이현주가 작품의 진가를 알아봤다는 것을 알려 주었으니까.

게다가 동석한 오승완의 두 눈에는 '텔 미 에브리씽'의 연출을 맡고 싶다는 욕심이 깃들어 있었다.

이것이 이현주가 다시 날 찾아올 것이라고 확신하는 이유였다.

"잠깐만요."

그때 등 뒤에서 날 부르는 이현주의 목소리가 들렸다.

"아직 할 이야기가 남았습니까?"

"그때 프리 프로덕션 단계까지 레볼루션필름에서 진행할 거라고 말했었죠?"

"그렇습니다."

"일단 계획을 한번 들어 볼 수 있을까요?"

"시나리오는 완고입니다. 여기서 더 수정하면 플롯이 무너집니다. 그러니 수정을 더 거칠 필요는 없습니다. 다음 수순은 감독을 정하는 것인데… 개인적으로는 동석하신 오승완 감독님이 연출을 맡아 주셨으면 합니다."

내 말이 끝나기 무섭게 오승완이 물었다.

"왜 내가 연출을 맡아 줬으면 하는 겁니까?"

"천재 감독이라고 소문이 자자하시니까요."

내가 천재 감독이라고 추켜세웠지만, 오승완은 웃지 않았다.

오히려 정색한 채 말했다.

"난 천재 감독이 아닙니다. 진짜 천재 감독이었다면 두 작품이나 시원하게 말아먹지 않았겠죠."

"아니요. 저는 여전히 감독님을 천재라고 생각합니다. 다만……."

"다만 뭡니까?"

"과욕을 부렸기 때문에 감독님께서 연출하셨던 두 편의 상업 영화들이 흥행에 참패했던 겁니다."

"내가 무슨 과욕을 부렸단 겁니까?"

"감독님의 장점은 미장센과 연출력입니다. 그런데 직접 시나리오까지 쓴 것, 과욕이라고 생각하시지 않으십니까?"

"그건……."

"본인이 잘하는 것에 집중하는 편이 좋지 않을까요?"

오승완이 움찔하며 이현주를 바라보는 것을 난 놓치지 않았다.

'같은 충고를 들었을 거야.'

이현주는 실력 있는 영화 제작자.

남편인 오승완이 연출했던 두 편의 영화가 흥행에 참패한 후, 이현주는 흥행 참패의 원인을 찾기 위해서 철저하게 분석을 했을 것이었다. 그리고 아마 나와 같은 진단을 내리고 비슷한 충고를 건넸을 터였다.

"솔직하게 말씀해 보십시오. '텔 미 에브리씽'이란 작품의 연출을 맡고 싶다는 욕심이 생기지 않으셨습니까?"

"……."

"감독님의 연출력이라면 '텔 미 에브리씽'이 수작이 될 수 있다고 저는 확신하고 있습니다. 이 작품을 연출해서 천재 감독 오승완이 아직 죽지 않았다는 사실을 증명하고 싶지 않으십니까?"

빈 술잔을 꽉 움켜쥐고 있던 오승완이 한참 만에야 대답했다.

"…욕심이 납니다. 그리고 내가, 감독 오승완이 아직 끝나지 않았다는 사실을 증명하고 싶습니다."

오승완에게서 원하던 대답이 돌아온 순간, 이현주에게 고개를 돌렸다.

"들으셨죠?"

"들었어요. 다음 수순은요?"

"이 상태로 투자를 유치하는 것이 최선이지만, 이대로라면 투자 유치에 실패할 겁니다."

"왜 투자 유치에 실패할 거라고 판단하죠?"

"실패한 감독이 연출을 맡았으니까요."

난 돌직구를 던졌다.

예상대로 오승완의 표정은 딱딱하게 굳어졌다. 그러나 이현주는 당황한 기색 없이 작게 고개를 끄덕였다.

내 의견에 동의한다는 뜻이었다.

"따라서 남녀 주연을 맡을 A급 배우 캐스팅을 마치고 난 후에 투자 유치에 나서는 것이 올바른 수순이라고 생각합니다."

처음 유니버스필름에 찾아갔을 때, 이현주는 얕보는 시선을 던졌었다.

그렇지만 지금 날 바라보는 이현주는 감탄한 기색이었다.

한 편의 영화를 제작하는 과정에서 가장 어려운 단계는 투자 유치.

아직 고등학생에 불과한 내가 투자 유치를 위한 중요 포인트들을 놓치지 않고 정확히 짚고 있다는 점에 놀란 것이었다.

"A급 배우들을 캐스팅할 수 있는 묘안은 있나요?"

"시나리오입니다."

"……?"

"좋은 시나리오를 알아보는 안목은 배우들도 갖고 있으니까요. 시나리오의 힘으로 분명히 A급 배우들을 캐스팅할 수 있을 겁니다."

이현주는 내 주장에 반박하지 않았다.

그녀 역시 '텔 미 에브리씽' 시나리오가 A급 배우들을 작품에 캐스팅할 수 있는 힘이 있다는 것은 인정하기 때문이리라.

"공동 제작, 하죠."

마침내 이현주가 결심을 굳히고 말했다.

"단 조건이 있어요."

"어떤 조건이죠?"

"작품 연출을 오승완 감독이 맡는 겁니다."

'괜히 잉꼬부부로 소문났던 게 아니네.'

내가 알고 있는 미래에서 오승완은 감독으로서 성공했다.

그렇지만 감독으로 성공하기까지 시간이 무척 많이 걸렸다.

2010년대 중반이 돼서야 흥행작을 연출하면서 재기에 성공했으니까.

그리고 이현주는 오승완이 감독으로서 힘겨운 시간을 보내는 동안에도 묵묵히 그의 곁을 지켰다.

오승완에 대한 애정이 그만큼 깊다는 뜻.

이번에도 마찬가지였다.

이현주는 '텔 미 에브리씽'이란 작품이 흥행에 성공할 가능성이 높다는 사실을 간파하고, 오승완 감독에게 연출을 맡기는 것을 공동 제작의 조건으로 내세운 것이었다.

"그 조건, 받아들이겠습니다."

내가 흔쾌히 대답하고 나서야 이현주가 안심한 표정으로 환하게 웃었다.

"서 대표가 조건을 수용해 줬으니, 저도 하나 약속드리죠. 절반의 지분을 갖는 공동 제작자로서 부끄럽지 않도록 제작 과정에서 최선을 다할 거예요."

이현주가 방금 꺼낸 이야기.

내가 바라 마지않던 이야기였다.

아직 고등학생인 나는 유니버스필름 대표인 이현주 대표가 쌓아 둔 인맥이 꼭 필요했기 때문이었다.

"잘 부탁드립니다."

"오히려 내가 하고 싶은 부탁이에요. 그럼 '텔 미 에브리씽'의 공동 제작이 결정된 기념으로 다 같이 건배할까요?"

이현주가 소주병을 들어 본인과 오승완의 잔을 채웠다.

기회를 놓치지 않고 내가 컵을 들었다.

하지만 이현주는 내가 들어 올린 컵에 소주를 따라 주지 않았다. 소주병을 내려놓고 대신 사이다병을 들었다.

"소주 한 잔 정도는 괜찮습니다."

못내 아쉬웠던 내가 말했다.

"안 돼요."

그러나 이현주는 고개를 흔들었다.

"영화 제작에 본격적으로 돌입하기도 전에 공동 제작을 맡은 서 대표와 내가 감옥에 가면 곤란하지 않겠어요?"

"한 잔 정도는……."

"사이다 드세요."

"쩝."

내가 입맛을 다실 때, 이현주가 잔을 들며 외쳤다.

"'텔 미 에브리씽'을 위하여!"

*   *   *

사이다만 세 병을 비우고 밤 11시가 다 되어서야 집으로 돌아왔다.

부모님이 이미 다 잠자리에 들었을 거란 내 예상은 빗나갔다.

부모님과 누나까지 모두 거실에 모여 있었다.

"왜 아직 안 주무셨어요?"

내 질문에 답한 것은 누나였다.

"가족회의 중이었어."

"가족회의? 갑자기 왜 가족회의를 연 거야?"

"동생의 앞날에 대해서 가족들이 함께 상의를 해야 하니까."

"내 미래?"

"배우로 성공할 가능성이 있는가? 일단 그것부터 토의 중이야."

'갑자기 웬 배우?'

황당한 표정을 짓던 난 저녁에 누나와 했던 대화를 곧 떠올렸다.

길거리 캐스팅을 당해서 영화사 대표와 미팅을 하기 위해서 나간다고 누나에게 대충 둘러댔던 것이 이렇게까지 커진 것이었다.

"앉아라."

아버지의 명을 거역할 수는 없는 노릇.

내가 비어 있는 자리에 앉았을 때, 아버지가 술잔을 내미셨다.

"한 잔 받아라."

"네?"

"아버지 술 한 잔 받으라고."

"저 미성년자입니다."

"진우 넌 내 아들이다."

"......?"

"그 정도는 알고 있다."

"네."

더 사양하지 않고 술잔을 냉큼 받았다.

아까 사이다만 줄창 마실 때, 이현주와 오승완이 마시던 소주가 얼마나 먹고 싶었던가.

그런데 지금 예기치 않게 소주를 마실 기회가 찾아와 있었다.

쪼르륵.

양손으로 들고 있던 소주잔이 가득 찼다.

소주잔을 내려놓은 내가 소주병을 들었다.

"아버지도 한 잔 받으세요."

그간 마신 술이 있으니 주도는 빠삭하다.

소주병의 상표를 한 손으로 가리고, 아버지가 들어 올린 소주잔을 4분의 3가량 채웠다.

아들에게 처음 받는 술이기 때문일까.

아버지의 표정은 무척 흡족한 기색이다.

'그러고 보니… 처음이네.'

이전 생에는 한 번도 아버지와 마주 앉아 술잔을 나눈 적이 없었다.

호스피스 병동에서 죽을 날을 기다리며 후회했던 것 중의 하나가 아버지와 술자리를 가지지 못했던 것이었는데.

'좋네.'

내가 희미한 웃음을 머금으며 술잔을 입으로 가져갔다.

"크으, 좋다."

기다림이 길었던 탓일까. 소주 맛은 아주 기가 막혔다. 그래서 단숨에 잔을 비우고 내려놓다가 살짝 당황했다. 누나와 엄마가 내게 의심쩍은 시선을 던지고 있었기 때문이었다.

"너, 처음 아니지?"

"뭐가?"

"술 마시는 것 말이야."

당연히 처음이 아니다. 그동안 마신 술의 양을 다 합치면 작은 호수 하나는 채울 수 있을 정도였으니까.

'방심했네.'

지난 생에는 술꾼이었지만, 이번 생에 술을 마시는 것은 처음이었다.

게다가 난 아직 고등학생 신분.

술을 처음 마시는 사람처럼 연기를 하는 게 필요했는데 소주 맛이 워낙 좋아서 나도 모르게 '좋다.'는 감탄사까지 내뱉어 버린 것이었다.

"처음이야."

일단 시치미를 뗐지만, 누나는 의심의 시선을 거둬들이지 않았다.

"처음 아니잖아?"

"그걸 누나가 어떻게 알아?"

"아까 '좋다'고 그랬으니까. 내가 소주 맛이 좋다는 것을 깨닫기까지 시간이 엄청 오래 걸렸거든."

'예리하네.'

예리한 누나의 추궁에 내심 감탄했지만, 당황하지는 않았다.

어차피 증거는 없는 상황. 오리발을 내밀며 잡아떼면 입증할 방법이 없는 상황이기 때문이다.

"술맛이 좋았던 게 아니라, 아버지에게 술을 받는 이 상황이 좋았단 뜻으로 꺼낸 말이었어."

내가 대충 둘러댔을 때, 엄마가 불쑥 말했다.

"난 찬성이야. 우리 진우가 머리는 엄마를 닮았지만, 외모는 잘생긴 네 아빠를 닮았거든. 한국대학교 법학과 다니는 미남 배우, 내 아들이지만 벌써 설렌다. 엄마 생각에는 진우가 배우로도 충분히 성공할 수 있다고 생각해."

고슴도치도 제 자식은 예뻐 보인다는 말대로였다.

엄마는 내게 무한 애정과 칭찬을 아낌없이 보냈다.

"난 반대."

그때, 누나는 반대를 선언했다.

"진우가 못생긴 것은 아니지만, 대단한 미남은 아니거든. 세상에 잘생긴 배우들이 얼마나 많은데, 진우 정도로는 성공 못해."

누나가 꺼낸 이야기.

틀린 이야기는 아니다. 그렇지만 면전에서 이런 이야기를 듣고 나니, 슬쩍 빈정이 상하는 것은 어쩔 수 없었다.

해서 내가 눈살을 찌푸렸을 때, 누나의 이야기가 이어졌다.

"그럼 찬성 한 표, 반대 한 표네. 아빠는 찬성이야? 반대야?"

잔을 들어 소주를 마신 아버지가 선뜻 대답하지 못하고 망설였다.

장고에 빠진 아버지를 돕기 위해서 내가 나섰다.

"투표하실 필요 없습니다."

"아빠 의견은 중요치 않다는 거야? 아빠와 가족들이 반대해도 기어이 배우를 하겠다는 거야?"

"그런 뜻이 아냐. 어차피 배우 일을 할 생각이 없으니까 투표할 필요가 없다고 말씀드렸던 거야."

"그럼… 혹시 까였어?"

"그게 아니라……."

"엄마, 아까 내가 그랬잖아. 진우가 배우로 성공할 정도로 잘생긴 편은 아니라니까."

"우리 진우가 어때서? 엄마 눈에는 우리 진우가 대한민국에서 제일 잘생겼는데."

"콩깍지 제대로 씌이셨네."

"엄마가 얼마나 냉정하고 객관적인 사람인데. 엄마는 있는 그대로의 사실만 말한 거거든."

'역시 엄마가 최고네.'

이 세상에 영원한 내 편은 역시 엄마 뿐이라는 생각이 들어서 내가 감동받은 표정을 지었을 때였다.

"난 찬성이다."

아버지가 찬성에 한 표를 던졌다.

"아빠, 아까 진우 얘기 못 들었어? 배우 안 하기로 했으니까 투표할 필요가……."

"진우야."

"네, 아버지."

"네가 앞으로 무엇을 하기로 결정하든 간에 아버지는 반대하지 않을 것이다. 너를 믿기 때문에 네가 하는 선택과 결정도 무조건 지지한다."

'이렇게 멋진 분이었는데… 그걸 몰랐네.'

아버지에게 새삼스러운 시선을 던지던 내가 지갑에서 명함을 꺼냈다.

"받으세요."

"이게 뭐냐?"

"제 명함입니다."

영화를 제작하는 것.

계속 감출 수도 없었고, 계속 감추고 싶지도 않았다.

그래서 이번 기회에 영화를 제작하는 일에 뛰어들었다는 사실을 알리기로 결심한 것이었다.

"영화 제작사 레볼루션필름… 대표 서진우?"

내가 대표로 기재된 명함을 확인한 아버지는 놀란 기색이었다. 그리고 놀란 것은 엄마와 누나도 마찬가지였다.

"진우 명함이라고?"

"영화 제작사 대표라고? 아빠, 나도 좀 보여 줘."

앞다투어 내 명함에 관심을 표명했다.

"수학 능력 시험이 끝나고 난 후에 본격적으로 영화를 제작하는 일에 뛰어들기로 결심했습니다. 그리고 오늘 유니버스필름 이현주 대표를 만난 이유는 공동 제작에 대해서 논의하기 위해서였습니다."

'못마땅하시겠지.'

내가 영화에 미쳐 있는 것을 아버지는 싫어했다. 그래서 이번에도 좋은 소리를 듣지 못할 거라고 예상했는데.

아버지에게서 돌아온 반응은 내 예상과 달랐다.

"기왕 시작했으면… 제대로 해라."

"네? 네."

"그런데 아까 말한 이현주 대표라는 사람은 믿을 만한 사람이냐?"

"믿고 함께 일해도 되는 사람입니다."

"이 나이까지 살아 보니 제일 무서운 것이 사람이더라. 항상 사람을 조심하거라. 어련히 알아서 잘하겠지만."

아버지는 재차 내게 신뢰를 보냈다.

그렇지만 엄마와 누나는 내가 영화 제작 일을 시작했다는 이야기를 듣고서 불안한 기색이 역력했다.

"이현주 대표란 사람이 제작해서 개봉한 작품도 있어?"

누나가 대표로 물었다.

"'홍길동이 돌아왔다'라는 작품을 제작했었어."

"정말 그 사람이 '홍길동이 돌아왔다'란 작품을 제작했어? 그럼 사기꾼은 아니겠네."

"엄마도 그 영화 제목 들어 본 적 있어."

내가 오늘 만났던 유니버스필름 이현주 대표가 '홍길동이 돌아왔다'라는 작품의 제작자라는 사실을 알고 난 후, 엄마와 누나의 얼굴에 떠올라 있던 불안한 기색은 많이 사라졌다.

"한 잔 더 받아라."

"네."

합법적으로 술을 마실 기회(?)를 놓치지 않고 넙죽 받았을 때, 아버지가 잔을 앞으로 내미셨다.

쨍.

건배를 하며 나는 속으로 다짐했다.

'아버지의 믿음과 기대를 실망시켜 드리지 않겠습니다.'

*   *   *

"콘티 작업은 최대한 디테일하게 할 생각이야. 그래서 예정했던 마감 시간보다 조금 늦어질 것 같아."

"알았어."

"그리고 촬영은 김수성 감독에게 제안할 생각이야."

"김수성 감독이면 괜찮네."

"내일부터는 촬영 장소 섭외 때문에 지방 출장을 가야 할 것 같아."

"그래."

열의에 차 있는 오승완의 목소리를 듣던 이현주의 입가로 미소가 번졌다. 최근 들어 자신감을 잃어버린 오승완으로 인해 속앓이를 했었는데.

'텔 미 에브리씽' 연출을 맡아서 촬영 준비를 하는 지금 오승완의 모습은 자신감과 열정으로 똘똘 뭉쳐 있었다.

'다시… 돌아왔네.'

이현주가 한눈에 반했던 예전 천재 감독 오승완으로 다시 돌아온 것 같아서 비로소 안심이 됐다.

'은인이나 다름없네.'

잠시 후 이현주가 떠올린 것은 서진우였다.

레볼루션필름 서진우 대표가 '텔 미 에브리씽'이란 작품을 유니버스필름과 공동 제작을 하고 싶다고 찾아왔던 덕분에 오승완이 다른 사람처럼 달라졌다.

그러니 이현주 입장에서는 서진우 대표가 은인이나 마찬가지였다. 그리고 서진우 대표는 아직 고등학생이라고는 도무지 믿기지 않을 정도로 제작자로서의 능력도 뛰어났다.

*　　　　*　　　　*

"남자 주인공은 한진규, 여자 주인공은 신은하. 제가 생각하는 '텔 미 에브리씽'의 남녀 주인공 1순위 후보들입니다. 일단은 두 배우에게 시나리오를 건네 보시죠."

한진규와 신은하.

두 남녀 배우는 투자사가 선호하는 A급 배우들이었다. 그리고 이현주 역시 '텔 미 에브리씽' 시나리오를 검토한 후, 한진규와 신은하를 가장 먼저 남녀 주인공으로 떠올렸었다.

이것이 의미하는 것.

서진우가 배우들에 대한 분석과 파악도 정확히 하고 있다는 것이었다.

"문제는 한진규와 신은하가 '텔 미 에브리씽'에 출연 의사를 밝히느냐 여부야."

두 배우를 작품에 캐스팅하는 데 있어서 가장 큰 불안 요소이자 걸림돌은 역시 오승완이었다.

오승완이 연출한 두 작품이 흥행에 참패했기 때문이다.

불행 중 다행인 점은 이현주가 한진규와 개인적 친분이 있다는 것이었다.

고향 선후배이자 대학 선후배. 지연과 학연으로 얽힌 덕분에 이현주는 한진규와 가깝게 지내고 있었다.

"다음에 작품 꼭 한번 같이하자고."

덕분에 비록 구두 약속이긴 하지만, 한진규에게서 유니버스 필름에서 제작하는 영화에 꼭 한번 출연하겠다는 약속도 받아냈었고.

문제는 신은하였다.

한진규와 달리 신은하와는 개인적인 친분이 없었다.

게다가 신은하는 출연 작품을 고르는 안목과 기준이 무척 까다롭다고 알려져 있었다.

그로 인해 작품 출연이 뜸한 편인 신은하가 '텔 미 에브리씽'에 출연을 결심할 확률은 낮은 편이었다.

"어렵지 않을까?"

신은하가 여주인공 1순위 후보인 것은 맞았다.

그러나 영화 제작자는 신은하의 '텔 미 에브리씽' 출연 불발에 대비한 대안도 마련해야 했다.

"누가 좋을까?"

최지유, 이영혜, 고소연.

이현주가 대안이 될 수 있는 여배우들의 이름을 적어 내려가고 있을 때였다.

따르릉. 따르릉.

사무실 전화가 울렸다.

"유니버스필름입니다."

이현주가 전화를 받자, 가냘픈 목소리가 들렸다.

"대표님과 통화 가능할까요?"

"제가 유니버스필름 대표 이현주입니다."

수화기를 든 채 자신이 유니버스필름의 대표라고 밝힌 이현주의 손에 힘이 들어갔다.

방금 들은 갸날픈 목소리가 낯설지 않기 때문이었다.

'신은하!'

영화관에서 들었던 신은하의 목소리와 톤이 똑 닮아 있었다. 그래서 신은하가 확실하다고 속으로 판단했을 때였다.

"신은하입니다. 보내 주신 시나리오는 잘 읽었습니다."

매니저를 통하지 않고 신은하가 직접 전화를 건 것에 살짝 당황했던 이현주가 '텔 미 에브리씽' 시나리오를 잘 읽었다는 이야기를 듣고서 속으로 쾌재를 불렀을 때였다.

"최대한 빨리 미팅을 하고 싶습니다."

신은하가 미팅을 제안했다.

*　　　　*　　　　*

"신은하가 가능한 빨리 미팅을 하고 싶어 해요."

나와 통화하던 이현주 대표는 흥분한 목소리였다.

"저는 오늘이라도 상관없습니다."

신은하의 마음이 바뀔 것을 우려한 이현주 대표는 미팅 일정을 조율해서 오늘 저녁 유니버스필름에서 만나는 것으로 일정과 장소를 잡았다.

이현주 대표가 남자 주인공 배역에 한진규를 꼭 캐스팅해 오겠다고 장담한 상황.

신은하까지 '텔 미 에브리씽'에 출연하겠다고 결정하면 천군 만마를 얻는 것이나 마찬가지였다.

약속 시간보다 일찍 유니버스필름에 도착하자, 이현주가 반 갑게 맞아 주었다.

"솔직히 좀, 아니, 많이 놀랐어요. 신은하는 작품을 고르는 안목이 까다롭고 신중하다고 소문난 편이거든요. 그래서 이렇 게 빨리 회신을 할 줄은 예상치 못했어요."

통화 후 꽤 시간이 흘렀음에도 이현주는 여전히 흥분 상태 였다.

"좋은 시나리오의 힘이라고 생각합니다."

내가 담담한 목소리로 대답하자, 이현주가 두 눈에 이채를 띤 채 물었다.

"여신이라 불리는 신은하와 만나는데 서 대표는 전혀 긴장 한 기색이 아니네요. 흥분되지 않아요?"

"전혀요."

지난 생에 영화 제작자로 일하면서 여배우들과 숱하게 만 났었다.

신은하 역시 그런 여배우들 중 한 명일 뿐.

긴장되거나 흥분될 일이 없었다.

"하여간 특이한 사람이네요."

이현주는 그런 날 신기하게 바라봤다.

그렇지만 날 향한 그녀의 관심은 이내 식었다.

신은하가 약속 시간에 정확히 맞춰서 유니버스필름에 도착했기 때문이었다.

띵동.

벨이 울린 순간, 이현주가 사무실 문을 열었다. 그리고 매니저와 함께 안으로 들어오는 신은하를 발견한 난 깜짝 놀랐다.

실물로 영접한 신은하는 대단한 미인이었다.

그렇지만 내가 놀란 이유는 신은하가 대단한 미인이어서가 아니었다.

'저건… 뭐지?'

내가 놀란 이유는 신은하의 머리 위에 떠올라 있는 둥근 고리 때문이었다. 마치 구름처럼 하얀색 둥근 고리가 신은하의 머리 위에 둥실 떠올라 있었다.

그 둥근 고리에서 내가 시선을 떼지 못하고 있을 때였다.

"서 대표, 내 말 안 들려요?"

이현주가 내 어깨를 손으로 두드리고 나서야 난 신은하의 머리 위에 둥실 떠올라 있는 하얀색 고리에서 시선을 뗐다.

"죄송합니다. 뭐라고 하셨습니까?"

"인사하라고요."

"아, 네."

그제야 정신을 차린 내가 허둥대면서 지갑에서 명함을 꺼낼 때, 이현주가 웃으며 말했다.

"아까 거짓말했네요. 은하 씨를 만나느라 어지간히 긴장했나 보네요."

"혹시… 보셨어요?"

일단 이현주에게 확인부터 했다.

"뭘 봤냐는 거예요?"

손수 차를 준비하던 이현주가 되물었다.

"신은하 씨 머리 위에 떠올라 있던 둥근 고리 같은 것요?"

"……?"

"안 보이셨나 보네요."

"혹시 아우라를 말하는 거예요?"

"아우라… 요?"

"여배우들에게는 흔히 아우라가 있다고 하잖아요. 서 대표가 본 것, 아우라가 아닐까요? 혹시 서 대표가 신은하를 추천한 것, 팬심이 작용했던 거 아니에요?"

이현주가 웃음기 띤 얼굴로 작은 목소리로 물었다.

그 질문에 답하는 대신 난 회의실 의자에 앉아 있는 신은하에게로 고개를 돌렸다.

그런 그녀의 머리 위에는 여전히 하얀색 둥근 고리가 둥실 떠올라 있었다.

'내 눈에만 보인다?'

이현주는 신은하의 머리 위에 둥실 떠올라 있는 하얀색 고리가 보이지 않는다고 대답했다. 그리고 내 눈에만 하얀색 고리가 보이는 데는 어떤 이유가 있을 터.

그 이유를 알아내기 위해서 내가 신은하의 맞은편에 앉았을 때였다.

—회귀자 감별 능력이 발동했습니다.

'회귀자 감별 능력?'
눈앞에 떠오른 메시지에 당황했을 때, 또 다른 메시지가 떠올랐다.

—회귀자를 발견했습니다.

'회귀자를 발견했다?'
새로운 메시지를 확인한 후, 내가 눈매를 가늘게 좁혔다.
회귀자가 존재한다는 사실은 이미 알고 있다.
이미 회귀자의 고백을 들은 덕분에 나 역시 회귀할 수 있었기 때문이었다.
내게 자신이 회귀자라고 고백했던 것은 심대평.
그런데 방금 또 다른 회귀자를 발견했다.
'신은하의 머리 위에 둥실 떠올라 있는 하얀색 고리가 회귀자임을 알려 주는 표식인가 보구나.'
쉽게 믿기 힘든 이야기.
그러나 내 눈으로 직접 보고 겪고 있으니 믿지 않을 수도 없었다.

'회귀자들이 여럿이다?'

다음으로 내가 떠올린 생각이었다.

심대평에 이어서 신은하도 회귀자라는 것을 확인한 상황.

아직 정확한 수까지는 가늠할 수 없었지만, 세상에 회귀자들이 더 있을 가능성은 충분했다.

거기까지 생각을 정리한 내가 신은하를 응시하며 물었다.

"혹시… 보입니까?"

아까 이현주에게 던졌던 질문과 같은 질문을 신은하에게 던진 이유.

이현주와 신은하는 다르기 때문이었다.

이현주와 달리 신은하는 회귀자.

신은하 역시 나와 마찬가지로 회귀자이니 내 머리 위에 둥실 떠올라 있는 회귀자임을 알려 주는 표식인 하얀색 고리가 보일 수도 있다고 판단해서 던진 질문이었다.

"뭐가 보이느냐고 질문하시는 건가요?"

"그러니까… 이거요."

설명하기가 무척 난감했기에 내가 머리 위로 손을 들어 원을 그렸다.

그런 날 바라보는 신은하는 황당한 표정을 짓고 있었다.

"무슨 말씀을 하시는지 모르겠습니다."

'안 보이는구나.'

신은하가 짓고 있는 황당한 표정과 대답을 통해서 그녀가 아무것도 보지 못했다는 사실을 알 수 있었다.

'같은 회귀자임에도 신은하는 내가 회귀자란 사실을 알지 못한다.'

덕분에 또 하나의 정보를 알아냈다.

그리고 방금 알아낸 정보는 무척 중요했다.

이 세상에 존재하는 회귀자의 존재를 나만 알아챌 수 있다는 뜻이었으니까.

"자, 드세요."

그때 네 잔의 커피를 준비해 온 이현주가 도착했다.

'일단 대화에 집중하자.'

신은하의 머리 위에 둥실 떠올라 있는 하얀색 고리에 계속 신경이 쓰였다.

그럼에도 불구하고 난 애써 무시하며 대화에 집중하기 위해 애썼다.

"좋은 시나리오를 읽을 기회를 주셔서 감사합니다."

신은하가 먼저 입을 뗀 순간, 이현주가 웃으며 날 바라보았다.

"그 인사는 여기 계신 서 대표에게 하는 게 맞는 것 같네요."

"네?"

"공동 제작자인 서 대표가 '텔 미 에브리씽'의 시나리오를 쓴 작가이기도 하거든요."

이현주의 설명을 들은 신은하가 놀란 표정으로 날 바라보았다.

"실례지만 나이가 어떻게 되시죠?"

'또 나이 질문이 나왔네.'

내가 쓴웃음을 머금었다.

이현주와 오승완에 이어서 신은하도 내 나이에 관심을 드러냈다. 그리고 이번이 끝이 아닐 가능성이 높았다.

"곧 대학교에 진학합니다."

내가 솔직하게 대답하자, 신은하의 눈이 커졌다.

반면 신은하의 옆에 앉아 있던 매니저의 표정은 더욱 못마땅하게 바뀌는 것을 난 놓치지 않았다.

'신은하가 주변의 반대를 무릅쓰고 '텔 미 에브리씽' 출연에 고집을 피우는 상황!'

우락부락한 외양인 매니저의 표정 변화를 통해서 난 상황을 빠르게 유추했다.

"대단하시네요."

신은하가 감탄하며 입을 뗀 순간, 나도 입을 열었다.

"한 가지 질문이 있습니다. 신은하 씨는 왜 '텔 미 에브리씽'이란 작품에 출연하기로 결심하신 겁니까?"

내가 던진 질문을 들은 이현주는 당황한 기색이었다.

"서 대표, 무슨 그런 질문을……."

그리고 신은하 역시 당황한 기색으로 입을 뗐다.

"제가… 출연하면 안 되나요?"

"그런 뜻으로 드린 말씀이 아닙니다. 신은하 씨는 현재 충무로에서 가장 각광받고 있는 여배우입니다. 그런 신은하 씨의 출연을 원하는 시나리오들이 하루에도 십여 편 이상 소속사로 들어올 겁니다. 그 수많은 시나리오 가운데 신은하 씨가 하필 '텔 미 에브리씽'에 출연 의사를 밝힌 데는 어떤 이유가 있을 거란 생각이 들어서 드린 질문입니다."

"그건… 시나리오를 무척 재밌게 읽었기 때문입니다. 그리고 여주인공 배역을 맡아서 연기해 보고 싶다는 욕심이 생겨서입니다."

신은하가 대답했지만, 내가 원하던 대답은 아니었다.

"'텔 미 에브리씽'의 연출을 맡은 오승완 감독이 이전에 연출했던 두 편의 작품은 모두 흥행에 참패했습니다. 그리고 '텔 미 에브리씽'의 공동 제작을 맡은 레볼루션필름은 신생 제작사죠. 게다가 '텔 미 에브리씽'의 시나리오를 쓴 서진우라는 작가도 신인 작가입니다. 한마디로 말해서 '텔 미 에브리씽'은 온갖 불안 요소들이 모두 포진해 있는 작품이라고 할 수 있습니다."

내가 신은하의 표정을 유심히 살피며 잠시 멈췄던 이야기를 이어 나갔다.

"아마 그래서 신은하 씨의 소속사에서도 불안해하고 있을 겁니다. 유명 감독이 연출을 맡고, 유명 작가가 시나리오를 써서 흥행 가능성이 더 높은 작품에 신은하 씨가 출연하기를 바라고 있을 테니까요. 그럼에도 불구하고 신은하 씨가 하필 '텔 미 에브리씽'에 출연하기로 결심한 데는 어떤 다른 이유가 있는 게 아닐까 하는 생각이 들어서 드린 질문이었습니다."

"소속사에서 제가 '텔 미 에브리씽'에 출연하려는 것을 못마땅해한다는 것은 어떻게 아셨어요?"

"추론입니다. 여러 정황상 좋아할 리가 없는 상황이거든요. 그리고 동석하신 매니저 분의 표정도 좋지 않았고요."

내가 추론의 근거를 밝히자, 신은하가 새삼스러운 시선을 던지며 말했다.

"제가 주변의 반대를 무릅쓰고 '텔 미 에브리씽' 출연을 고집하는 이유는 확신이 섰기 때문이에요."

"어떤 확신이 섰단 건가요?"

"'텔 미 에브리씽'은 좋은 작품이다. 그러니 흥행에 성공할 거란 확신요."

'거짓말.'

신은하가 대답한 순간, 내가 속으로 소리쳤다.

'당신이 '텔 미 에브리씽'에 출연하기로 결심한 이유는 회귀자이기 때문이잖아.'

감독: 유진성

각본: 백선화

제작사: 평화필름

내 기억 속에 남아 있는 '텔 미 에브리씽'에 대한 정보였다.

유진성은 '텔 미 에브리씽'이 입봉작이었던 신인 감독.

백선화도 '텔 미 에브리씽'이 입봉작이었던 신인 작가.

평화필름 역시 '텔 미 에브리씽'이 입봉작이었다.

즉, 시나리오 작가부터 감독, 제작사가 모두 신인이었다.

그럼에도 불구하고 '텔 미 에브리씽'의 주연은 A급 배우들이 었던 최윤석과 신은하가 맡았었다.

심대평이 회귀자란 사실을 몰랐을 때만 하더라도, 난 신인 작가와 신인 감독, 신생 제작자가 뭉쳤음에도 불구하고 '텔 미 에브리씽'에 A급 배우들인 최윤석과 신은하를 캐스팅할 수 있 었던 것이 운이 좋았기 때문이라고 치부하고 무심코 넘겼다.

하지만 심대평이 회귀자란 사실을 알고 난 후에 내 생각은 바뀌었다. 지금의 나처럼 심대평이 '텔 미 에브리씽'의 내용을 알고, 또 흥행에 성공할 것을 알았기 때문에 최윤석과 신은하 를 캐스팅할 수 있었다고 판단했다.

그런데 신은하가 회귀자란 사실을 알고 난 후, 내 생각은 또 바뀌었다.

'신은하도 알고 있었던 거야.'

신은하 역시 미래를 알고 있는 회귀자. 그러니 미래에 어떤 작품이 흥행에 성공할지를 미리 알고 있을 것이었다.

이것이 그녀가 소속사로 들어온 수많은 작품들 가운데 '텔미 에브리씽'이란 작품을 선택한 진짜 이유.

'이거… 복마전이네.'

잠시 후. 내가 떠올린 생각이었다.

나, 심대평, 그리고 신은하.

회귀자 세 명이 '텔 미 에브리씽'이라는 하나의 작품을 사이에 두고 얽혀 있었다.

게다가 세 명 모두 미래를 알고 있는 만큼, 복잡한 셈법이 얽혀서 마치 복마전처럼 느껴지기 시작했다.

그리고 아직 끝이 아니었다.

'더 존재할 가능성이 충분해.'

현재까지 내가 확인한 회귀자는 두 명, 심대평과 신은하뿐이었다. 그렇지만 세상에는 더 많은 회귀자들이 존재할 가능성이 충분했다.

그리고 내 예상대로 회귀자가 더 많다면 복마전이나 다름없는 양상은 더욱 심화될 터였다.

"수많은 작품들 가운데 확신을 갖고 우리 작품을 선택해 주셔서 감사합니다."

꼬리에 꼬리를 물고 일어나는 의문과 생각을 애써 털어 내며 내가 입을 뗐다.

"오히려 제가 감사하죠. 좋은 작품에 출연할 기회를 주셨으니까요."

신은하가 생긋 웃으며 말했다.

그렇지만 난 마주 웃을 수 없었다.

신은하는 내가 회귀자란 사실을 전혀 모르는 상황.

혼자서 미래를 알고 있다고 확신하는 신은하의 입장에서는 지금 상황이 마치 장난처럼 느껴지리라.

모르긴 몰라도 이현주 대표와 내가 장기판의 졸(卒)처럼 하찮게 여겨질 터.

그래서 지금 신은하가 짓고 있는 미소는 비웃음일 가능성이 높다는 생각이 들었기 때문이었다.

"미팅은 여기까지 하시죠."

내가 정색한 채 입을 떼자, 이현주가 당황했다.

"서 대표, 벌써 미팅을 끝내자고?"

"신은하 씨가 '텔 미 에브리씽'에 출연하겠다는 의사를 밝혔으니 충분한 것 아닙니까? 계약사항에 관한 조율은 소속사 측과 논의하면 되겠죠?"

"네, 그렇게 정리하면 될 것 같네요."

신은하도 쿨하게 대답했다.

여전히 당황한 기색인 이현주 대표가 얼떨떨한 목소리로 제안했다.

"같이 식사라도 할까요?"

"제안은 감사하지만 식사는 다음에 하죠. 제가 다음 일정이 있어서요."

신은하가 식사 제안을 정중하게 거절한 후 날 바라보며 말했다.

"명함 한 장 받을 수 있을까요?"

"여기 있습니다."

"레볼루션필름이라."

내가 건넨 명함을 유심히 살피던 신은하가 입을 뗐다.

"다음에 따로 연락드릴게요. 식사 한번 같이해요."

           *   *   *

"왜 거짓말 했어?"

운전하던 도중 신호에 걸린 순간, 황철순이 룸 미러로 신은하를 힐끗 살피며 질문했다.

배우의 일정을 체크하는 매니저 황철순은 알고 있었다.

오늘 신은하의 마지막 일정이 유니버스필름에서의 미팅이란 사실을.

그런데 유니버스필름 대표인 이현주의 저녁 식사 제안을 다음 일정이 있다는 거짓말을 하며 거절했다.

"그냥 좀 피곤해서."

창밖을 응시하며 신은하가 대답했다.

그런 그녀에게 황철순이 다시 질문했다.

"진짜 '텔 미 에브리씽'이란 작품에 출연할 거야?"

"아까 오빠도 들었잖아."

"아직 계약서 쓰기 전이니까… 혹시라도 마음이 바뀌면 언제든지 말해."

"내 마음은 안 바뀌어."

"그래도 사람 일이란 건 모르니까……."

"출연할 거야."

후우.

신은하가 딱 잘라 대답하는 것을 들은 황철순이 짤막한 한숨을 내쉬었다.

"은하가 '텔 미 에브리씽'이란 작품에 출연하지 않도록 잘 구슬려 봐."

소속사 대표가 황철순에게 내렸던 명령이었다. 그리고 꼭 소속사 대표의 명령이 아니더라도, 황철순은 신은하가 '텔 미 에브리씽'이란 작품에 출연하는 것을 말리고 싶었다.

황철순의 입장에서는 자신이 케어하는 배우인 신은하가 잘 되는 것을 바라 마지않았고, 그래서 유명 감독과 유명 작가가 붙어 흥행 가능성이 더 높은 작품에 그녀가 출연하기를 바라는 것이었다.

그러나 신은하는 '텔 미 에브리씽'이란 작품에 꼭 출연하겠다는 고집을 끝내 꺾지 않았다.

그로 인해 황철순이 답답한 표정을 짓고 있을 때, 신은하가 말했다.

"오빠, 여기서 우회전 해."

"집으로 가서 쉬는 것 아니었어?"

"저녁 약속 있어."

"누구와 저녁 약속이 있다는 거야?"

"서진우 대표."

황철순이 두 눈을 껌벅였다. 그리고 얼마 지나지 않아 서진우가 유니버스필름 회의실에서 만났던 고등학생임을 떠올리는 데 성공했다.

그런 황철순이 고개를 갸웃했다.

자리가 파할 때까지 동석하고 있었지만, 신은하와 서진우가 저녁 식사 약속을 따로 잡는 모습을 보지 못했기 때문이었다.

"언제 저녁 식사 약속을 한 거야?"

신은하가 대답했다.

"아까 명함 돌려줄 때."

*　　　　　*　　　　　*

"꼭… 귀신에 홀린 것 같네요."

신은하와의 미팅이 끝나고 난 후, 이현주 대표가 밝힌 감상이었다.

내가 유니버스필름 이현주 대표를 만나서 공동 제작을 제안한 것이 약 한 달가량 전.

그 후로 일사천리로 프리 프로덕션이 진행됐다.

오승완 감독이 연출을 맡았고, '텔 미 에브리씽'의 시나리오를 읽은 신은하가 작품에 출연 약속을 했다.

일반적인 경우라면 짧게는 몇 달, 길게는 몇 년 가까이 걸릴 일이었는데 한 달도 걸리지 않고 배우 캐스팅까지 진행된 것이었다.

무척 이례적인 일이었다. 그래서 이현주도 귀신에 홀린 것 같다는 표현까지 쓰면서 놀라는 것이었고.

'아마 앞으로 자주 이런 경험을 하게 될 테니 적응해야 할 겁니다.'

내가 속으로 말했을 때, 이현주가 다시 말했다.

"신은하 배우의 계약금은 내가 준비할게요."

내 신분이 고등학생이라는 사실을 알고 있기에 당연히 수중에 돈이 없을 거라고 판단해서 꺼낸 말이었다.

그렇지만 나는 고개를 흔들었다.

"공동 제작이니까 절반씩 부담하죠. 이 대표님은 한진규 배우의 계약금을 준비해 주십시오. 저는 신은하 배우의 계약금을 준비하겠습니다."

"하지만……."

"제가 가장 싫어하는 부류의 사람이 누군지 아십니까? 돈 없이 영화 제작 하겠다고 돌아다니는 사기꾼입니다. 그러니 신은하 배우의 계약금은 제가 마련하겠습니다."

"…알겠어요."

"그럼 저 먼저 일어나겠습니다."

"네? 네."

건물을 빠져나온 내가 불이 켜져 있는 유니버스필름 사무실을 올려다보았다.

신은하에게 계약금을 지불할 돈은 없었다.

그럼에도 불구하고 이현주의 호의를 거절한 이유.

영화 제작자로서 당당히 서고 싶어서였다.

'이현주 대표에게 기대지 말자.'

무엇이든 시작이 어려운 법이었다.

한번 이현주 대표에게 도움을 받아서 쉽게 문제를 해결하고 나면, 어려움에 처할 때마다 그녀에게 기대려 할 것이었다.

그것이 인간의 습성.

그 사실을 잘 알기 때문에 이현주 대표의 호의를 거절했던 것이었다.

잠시 후, 난 바지 주머니 속에 넣어 두었던 명함을 꺼냈다.

내게 명함을 달라고 부탁했던 신은하는 미팅이 끝날 무렵 다시 명함을 돌려주었다. 그리고 나는 명함 뒷면에 적혀 있던 문구를 놓치지 않았다.

—오늘 저녁 8시, 어선재 특실.

명함 뒷면에 적힌 문구였다.

신은하가 적은 문구 속에 등장한 어선재는 유명 일식집이
었다.

지난 생에 몇 번 찾아갔던 적이 있었기 때문에 어선재의 위
치는 알고 있었다.

"왜 따로 만나자고 한 걸까?"

미팅 말미에 이현주는 함께 저녁 식사를 하자고 제안했었
다.

하지만 신은하는 다른 일정이 남아 있다는 이유로 제안을
거절했었다.

그런데 내게 따로 저녁 식사를 하자고 제안한 데는 분명히
어떤 이유가 있을 거란 생각이 들었다.

"가 보자. 만나 보면 이유를 알 수 있겠지."

더 고민하는 대신 난 어선재를 향해 걸어갔다. 어선재 앞에
도착했을 때, 날 기다린 것은 신은하의 매니저였다.

"또 뵙네요."

"네."

"절 따라오시죠."

매니저를 뒤따라 신은하가 예약할 특실 앞에 도착했다.

"들어가시죠."

안내를 마친 후 매니저는 몸을 돌렸다.

드르륵.

특실 문을 열고 들어가자 신은하가 날 기다리고 있었다.

"왔네요."

신은하가 생긋 웃으며 날 맞이했다. 그녀의 맞은편에 앉으며 내가 질문했다.

"따로 만나자고 한 이유가 있습니까?"

"서진우 씨에게 호기심이 생겨서요."

"왜 호기심이 생겼습니까?"

"특이하니까요."

내가 가볍게 고개를 끄덕였다.

아직 고등학생에 불과한 내가 '텔 미 에브리씽'의 시나리오를 쓴 것.

또, 영화 제작에 직접 뛰어들었다는 것.

신은하의 입장에서는 특이하게 느껴지기에 충분했으리라.

"여기 모둠 회가 신선한데. 술 한잔하실래요?"

"아직 미성년자입니다."

"맞다. 아직 고등학생이라고 했죠? 자꾸 깜박하네요."

"그 말씀은… 제 얼굴이 노안이란 뜻입니까?"

"그런 뜻은 아니에요."

"그리고 고등학생보다는 예비 대학생이라는 표현이 더 마음에 듭니다."

"알겠어요. 앞으로 예비 대학생이라고 표현할게요. 어쨌든 서진우 씨는 미성년자라서 술을 못 하니까 오늘 술은 저 혼자 마셔야겠네요."

신은하가 아쉬운 기색으로 말을 마친 순간, 내가 입을 뗐다.

"저도 마시겠습니다."

"아까 미성년자라서 술을 마시면 안 된다고 본인 입으로 말했잖아요?"

"가끔씩 하는 일탈이 더 짜릿한 법이더라고요."

*　　　*　　　*

미인과 훌륭한 안주가 함께하는 술자리를 피하는 것.

죄를 짓는 것이나 다름없었다.

"진학할 학교는 정해졌나요?"

내가 든 사기잔에 술을 따르며 신은하가 물었다.

"한국대 법학과에 진학할 겁니다."

"한국대 법학과라고 했어요?"

"네."

"시나리오만 잘 쓰는 줄 알았는데… 공부도 잘했네요. 진짜 천재였네요."

'내가 회귀자란 걸 의심하지는 않는구나.'

어선재로 찾아오면서 내가 가장 우려했던 점.

신은하가 내가 회귀자가 아닐까 하는 의심을 품는 것이었다.

그러나 괜한 우려였다.

그녀가 따로 자리를 마련한 이유는 천재인 내게 호기심을 느꼈기 때문에 좀 더 알아보기 위해서였다.

일단 안심한 내가 조심스럽게 입을 뗐다.

"아까 미팅에서 '텔 미 에브리씽'이 좋은 작품이다. 꼭 흥행할 것이란 확신이 있기 때문에 출연을 결심했다고 신은하 씨는 말씀하셨습니다. 맞습니까?"

"맞아요."

"그래서 한 가지 드리고 싶은 제안이 있습니다."

"어떤 제안이죠?"

"러닝 개런티 계약을 맺는 게 어떠십니까?"

"러닝 개런티 계약이라면 작품이 흥행하면 관객 수에 따라서 더 많은 수익을 얻는 것을 말하는 거죠?"

2010년대 초중반부터 감독과 배우들의 러닝 개런티 계약이 일반화됐다.

그렇지만 1996년은 달랐다. 배우나 감독이 러닝 개런티 계약을 맺는 경우는 거의 없었다.

그래서일까.

내거 러닝 개런티 계약을 제안하자, 신은하는 놀란 표정을 짓고 있었다.

'연기 잘하네.'

그러나 나는 속으로 코웃음을 쳤다.

신은하는 나와 마찬가지로 회귀자다.

그러니 미래에 러닝 개런티 계약이 일반화된다는 사실을 잘 알고 있었다. 그리고 '텔 미 에브리씽'이란 작품이 흥행에 성공할 테니까 러닝 개런티 계약을 맺는 편이 더 유리하다는 사실도 알고 있었다.

어쩌면 신은하가 날 따로 만나자고 한 이유.

'텔 미 에브리씽'의 공동 제작자이자 이현주에 비해서 경험이 일천한 내게 러닝 개런티 계약을 제안하기 위해서가 아닐까 하는 생각도 들었을 정도였다.

그래서 깜짝 놀란 표정을 짓고 있는 신은하의 표정이 연기처럼 느껴진 것이었다. 그렇지만 나는 속내를 겉으로 드러내지 않고 다시 입을 뗐다.

"제가 신은하 씨에게 러닝 개런티 계약을 제안한 데는 몇 가지 이유가 있습니다."

"어떤 이유들이죠?"

"우선 돈이 없습니다."

"네?"

"예비 대학생인 터라 아직 모아 둔 돈이 많지 않습니다. 그래서 계약금을 최소한으로 지불하고 싶기 때문에 일종의 꼼수를 쓴 겁니다."

"다른 이유는요?"

"신은하 씨를 위해서입니다. 아시다시피 러닝 개런티 계약을 맺으면 관객이 많을수록 더 많은 수익을 가져갈 수 있으니까요. 신은하 씨가 조금이라도 더 많은 수익을 가져가길 바라는 마음이죠."

"반대일 수도 있죠. '텔 미 에브리씽'이란 작품이 개봉해서 흥행에 실패하면 러닝 개런티 계약을 맺은 제가 거둘 수 있는 수익이 확 줄어들 테니까요."

"그럴 일은 없을 겁니다."

"어떻게 그렇게 확신하죠?"

"제가 무슨 수를 써서라도 '텔 미 에브리씽'을 흥행작으로 만들 것이거든요."

내가 힘주어 대답한 순간, 신은하가 잔을 들었다.

"그 자신감이 좋네요. 그리고 날 위해서 러닝 개런티 계약이라는 새로운 계약 방법을 제안해 준 호의도 고맙고요. 그래서 저도 호의에 보답을 하고 싶네요."

"보답… 요?"

"혹시 내게 바라는 게 있나요?"

'뭘 부탁할까?'

신은하의 이런 제안은 예상 범위 밖이었지만, 난 저절로 찾아온 기회를 놓칠 정도로 어수룩하지 않았다.

그래서 고민하던 내가 한참 만에 부탁을 꺼냈다.

"친구를 소개해 주십시오."

이런 부탁을 할 거라곤 예상치 못해서일까.

신은하는 당황한 표정을 짓고 있었다.

'이번엔 연기가 아니네.'

내가 희미하게 웃으며 설명을 더했다.

"한국대 법학과에 진학하기 위해서 공부만 했던 터라, 친구가 별로 없습니다. 그래서 친구를 사귀고 싶습니다."

"나랑 해요."

"네?"

"친구 하자고요."

수많은 남성 팬들로부터 여신으로 추앙받고 있는 신은하가 내게 먼저 친구 하자고 제안했다.

그 남성 팬들이 알고 있다면 지탄의 대상이 되겠지만, 난 친구를 하자는 신은하의 제안을 덥석 받아들이지 않고 진지하게 고민했다.

'친구로 지내도 되나?'

내가 고민하는 이유는 신은하가 회귀자라는 사실을 알았기 때문이었다.

신은하가 회귀자란 사실을 알기 전과 알고 난 후인 지금은 달랐다.

회귀자인 신은하와 계속 인연을 맺어도 될지에 대한 확신이 서지 않았다.

"왜 대답이 없어요? 설마… 지금 고민하는 거예요?"

먼저 친구 하자고 제안했던 신은하가 황당한 표정을 지었다.

아마 이런 경험이 처음이기 때문이리라.

"네, 고민했습니다."

"대박 사건."

신은하가 황당한 표정을 고수한 채 혼잣말을 했다. 그리고 난 신은하의 혼잣말을 그냥 흘려보내지 않았다.

"그게 뭡니까?"

"뭐가요?"

"대박 사건이란 표현, 처음 들어 보거든요."

물론 거짓말이다. 대박 사건이란 표현. 나도 자주 사용했던 표현이었다. 그렇지만 내가 이 표현을 쓴 것은 2000년대에 접어들어 '대박 사건'이란 표현이 유행하고 난 후였다.

즉, 1996년인 지금은 '대박 사건'이란 표현을 쓰는 사람이 없었다. 내 얘기를 들은 신은하가 당황한 기색을 드러낸 채 변명을 꺼냈다

"그게 어디서 들어 본 표현인데… 재밌어서 무심코 따라 해 본 거예요."

'그렇게 치밀한 성격은 아니네.'

신은하는 회귀자.

그런데 무심코 '대박 사건'이란 표현을 내 앞에서 쓴 것이 그녀가 아주 치밀한 성격은 아니라는 증거였다.

"재밌네요."

"네?"

"대박 사건이란 표현요."

내가 씩 웃으며 덧붙였다.

"그래서 방금 막 결정했습니다. 신은하 씨와 친구가 되기로."

친구가 되기로 결심했단 이야기를 듣고서 신은하의 굳어졌던 표정이 조금 풀렸다.

그렇지만 여전히 못마땅한 목소리로 입을 뗐다.

"이거 왠지 손해 보는 느낌인데요."

"저와 친구가 되는 것, 절대 손해는 아닐 겁니다."

"자신감은 여전하네요. 그 자신감은 어디서 나오는 거죠?"

'당신과 같은 회귀자라서.'

내가 속으로 생각하면서 다른 대답을 꺼냈다.

"제 자신을 믿습니다."

"친구가 된 기념으로 건배 한 번 해요."

"좋습니다."

"우리의 우정을 위하여."

"위하여."

채앵.

술잔이 부딪쳤다. 그리고 내가 잔에 담긴 술을 비웠을 때, 신은하가 생글생글 웃으며 다시 입을 뗐다.

"친구가 된 기념으로 선물 하나 줄게요."

"어떤 선물인가요?"

내가 잔뜩 기대하고 있을 때, 신은하가 덧붙였다.

"최동인 감독을 주목하세요."

*   *   *

'타짜들', '바람난 여자', '암살자' 등등.

최동인 감독이 연출했던 작품들이었다.

작품성과 흥행.

두 마리 토끼를 모두 잡아 내면서 최동인 감독은 대한민국을 대표하는 최고의 감독 중 한 명으로 성장했다.

"최동인 감독을 주목하세요."

회귀자인 신은하는 그 사실을 알고 있을 터.

그래서 영화 제작자인 내게 최동인 감독을 주목하라는 커다란 선물을 준 것이었다.

"나중에 이게 무척 큰 선물이란 걸 알게 될 거예요."

신은하가 술자리에서 덧붙였던 이야기.

그렇지만 나중까지 기다릴 필요는 없었다.

나 역시 회귀자이기 때문에 최동인 감독이 대한민국을 대표하는 흥행 감독이 된다는 사실을 알고 있기 때문이다.

어쨌든 신은하가 이런 고급 정보를 건넸다는 것.

내게 호감이 있다는 증거였다. 그리고 내가 장고 끝에 신은하와 친구가 되기로 결심한 이유는 같은 회귀자이지만 활동분야가 달라서였다.

나는 영화 제작자, 신은하는 배우.

활동 분야가 달라서 경쟁 상대라기보다는 서로 윈윈할 수 있는 관계가 될 확률이 높다고 판단한 것이었다.

"복마전!"

버스 차창 밖을 바라보던 내가 혼잣말을 꺼내며 떠올린 것은 심대평이었다.

심대평과 신은하.

모두 회귀자라는 공통점이 있었다.

그렇지만 직업이 달랐다.

신은하의 직업은 배우라서 나와 활동 분야가 달랐지만, 심대평의 직업은 영화 제작자.

나와 활동 분야가 겹쳤다.

'무슨 생각을 할까?'

내가 기억하는 영화 제작자 심대평의 첫 작품은 '텔 미 에브리씽'이었다.

그러나 이번에는 회귀한 영화 제작자 심대평의 첫 작품이 바뀔 가능성이 높았다.

내가 먼저 '텔 미 에브리씽'이란 작품을 선점했기 때문이었다.

심대평도 머잖아 이 사실을 알게 될 터.

그가 보일 반응이 궁금했다.

'내 존재를 알아챌 수도 있지 않을까?'

가능성은 충분했다.

만약 심대평이 내 존재를 알아채고 나면 분명 어떤 리액션을 취할 것이었다.

그리고 그가 취할 리액션은 내게 큰 위협이 될 가능성이 높았다.

심대평 역시 미래를 알고 있는 회귀자였기 때문이었다.

'그 전에… 확실히 격차를 벌려 놔야 해.'

삐이이.

분주하게 생각을 이어 나가던 내가 목적지인 상천동에 도착했음을 깨닫고 버스의 벨을 눌렀다.

한주대학교 앞 프랜차이즈 햄버거 가게.

문을 열고 바로 안으로 들어가지 않고 밖에서 내부를 살폈다.

내가 이곳을 찾아온 이유.

'텔 미 에브리씽'의 작가를 만나기 위해서였다.

내 기억 속 '텔 미 에브리씽'의 시나리오를 쓴 작가는 백선화.

그렇지만 이번 생에 백선화는 '텔 미 에브리씽'의 각본 크레딧에 이름을 올리지 못할 가능성이 높았다.

유니버스필름 이현주 대표와 손을 잡은 내가 심대평보다 먼저 '텔 미 에브리씽'을 제작해서 개봉할 것이기 때문이었다.

─각본: 서진우.

크레딧에는 백선화 대신 내 이름이 올라갈 터.

그리고 회귀자인 나로 인해 백선화가 '텔 미 에브리씽'의 각본 크레딧에 이름을 올리지 못하게 되는 것에 난 미안함을 느꼈다.

이것이 내가 백선화를 만나기 위해서 찾아온 이유.

그리고 백선화를 찾는 것은 그리 어렵지 않았다.

그녀가 했던 인터뷰 내용을 정확하게 기억하고 있었던 덕분이었다.

"시나리오 작가로 성공하기 전까지는 각종 아르바이트를 전전했었어요. 식당에서 불판도 닦았고, 서빙도 했었고요. 그중에서 가장 오래 했고, 또 기억에 많이 남는 아르바이트는 햄버거 가게에서 손님들 주문을 받는 거였어요. 그때는 자괴감도 많이 느꼈어요. 제가 일하던 햄버거 가게가 한주대학교 앞에 위치해 있었거든요. 고졸인 탓에 대학생들 앞에 서면 왠지 위축되는 느낌이랄까. 어쩌면 그 자괴감 때문에 더 이를 악물고 시나리오 작업에 매달렸던 것 같아요. 꼭 시나리오 작가로 성공하고 싶었거든요."

백선화는 한주대학교 앞 햄버거 가게에서 오랫동안 아르바이트를 했다고 인터뷰에서 밝혔었고, 그래서 쉽게 찾을 수 있었다.

"일단 부딪쳐 보자."

결심을 굳힌 내가 문을 열고 햄버거 가게로 들어섰다.

"어서 오세요."

주문대에 서 있던 백선화가 고개도 들지 않은 채 기계적으로 인사했다.

"주문하시겠어요?"

"일이 언제 끝납니까?"

"네?"

"아, 이상한 사람은 아니니까 오해하지 마십시오. 여기 제 명함입니다."

내가 건넨 명함을 들어 살피던 백선화가 두 눈을 반짝이며 물었다.

"무슨 일로……."

"잠깐 나누고 싶은 이야기가 있어서요. 시간을 내줄 수 있으신가요?"

Chapter. 5

"한 십 분만 기다려 주세요. 마침 교대 시간이 다 됐거든요."

빈 탁자에 앉아 창밖을 바라보며 기다리고 있을 때, 백선화가 콜라 두 잔을 들고 다가왔다.

"이거 드세요."

"아, 감사합니다."

"그런데 영화 제작 하시는 분이 무슨 일 때문에 절 만나시려는 건가요? 혹시… 캐스팅인가요?"

"네?"

"길거리 캐스팅, 뭐 그런 것 있잖아요."

"뭐, 어쩌면 비슷한 걸 수도 있습니다. 혹시 영화 좋아하십니까?"

백선화가 고개를 흔들며 대답했다.

"영화 안 좋아하는데요."

"네?"

"난 드라마를 좋아해요."

"그럼 습작하신 작품은 없으신가요?"

"습작… 요?"

"네."

"그게 뭔데요?"

백선화가 두 눈을 깜박이며 되물었다.

'이상한데.'

그 반응을 확인한 내가 의아함을 느꼈다.

백선화가 쓴 '텔 미 에브리씽'은 훌륭한 시나리오였다.

그런데 지금까지 습작이 뭔지도 모르는 백선화가 불과 2년 뒤에 '텔 미 에브리씽'이란 훌륭한 시나리오를 써 낼 확률.

극히 낮았기 때문이었다.

'어떻게 된 거지?'

그로 인해 내가 혼란에 빠졌을 때였다.

"참, 외사촌 오빠도 영화 제작 일을 한다고 했어요."

백선화가 퍼뜩 떠오른 듯 말했다.

"외사촌 오빠분의 성함을 알 수 있을까요?"

"심대평이에요."

"방금… 누구라고 했습니까?"

"우리 외사촌 오빠 이름 심대평이라고요. 혹시 알아요?"

당연히 알고 있다.

그런데 백선화와 심대평의 관계는 전혀 몰랐다.

'가만!'

잠시 후, 내가 두 눈을 빛냈다.

'백선화가 '텔 미 에브리씽'을 쓴 게 아닐 수도 있지 않을까?'

퍼뜩 떠오른 생각.

심대평도 회귀자였다.

그 역시 '텔 미 에브리씽'이란 작품의 존재는 물론이고, 내
용도 알고 있었다.

'나처럼 직접 시나리오를 쓴 게 아닐까?'

'텔 미 에브리씽'의 내용을 알고 있으니, 심대평이 마음만 먹
으면 시나리오를 쓸 수 있었다. 그리고 심대평이 제작만 맡고
'텔 미 에브리씽'의 시나리오를 백선화가 쓴 것처럼 꾸몄을 가
능성은 충분히 존재했다.

"꿈이 뭐예요?"

내 가설이 맞는가 여부를 확인하기 위해서 백선화에게 질
문했다.

"꿈은 없는데요."

'꿈이 없다?'

내가 기억하고 있는 백선화의 인터뷰 내용과는 달랐다.

백선화는 고등학교를 졸업하자마자 시나리오 작가가 되겠다는 꿈을 갖고 각종 아르바이트를 하면서도 시나리오 공부를 열심히 했다고 인터뷰에서 밝혔으니까.

'백선화가 쓴 게 아니다.'

이런 확신이 생긴 내가 일어서자. 백선화가 두 눈을 동그랗게 뜨고 올려다보았다.

"왜 일어나세요?"

"할 얘기가 끝났거든요."

"벌써요?"

"네."

"영화에 캐스팅하기 위해서 날 찾아온 것 아니었어요?"

여전히 길거리 캐스팅에 대한 꿈에서 깨어나지 못하고 있는 백선화에게 내가 말했다.

"생각이 바뀌었습니다."

"왜요?"

"말이 너무 많아요."

그 말을 끝으로 난 햄버거 가게를 빠져나왔다.

"미안해할 필요가 없었네."

햄버거 가게를 빠져나온 내가 혼잣말을 꺼냈다.

백선화가 '텔 미 에브리씽' 시나리오를 쓴 작가가 아니라는 것을 확인한 후였기 때문이었다.

"마음의 짐은 덜었고."

덕분에 마음을 짐을 던 내가 홀가분한 표정을 지은 채 걸음을 옮기기 시작했다. 그러나 난 얼마 못 가 다시 걸음을 멈췄다.

또 하나의 의문이 떠올랐기 때문이었다.

"그럼… '텔 미 에브리씽'을 쓴 진짜 작가는 대체 누구지?"

                    *   *   *

'처음 '텔 미 에브리씽'을 쓴 작가는 대체 누굴까?'

백선화를 만난 후, 이 질문이 내 머릿속을 떠나지 않았다.

밤새 고민한 끝에 내가 내린 결론은 그 작가가 누군지 알 방법이 없다는 것이었다. 그리고 누군지 알 수 없으니 미안한 마음을 갖거나 어떤 보상을 해 줄 수 있는 방법도 없었다.

'인연이 있으면 만나겠지.'

더 생각하지 않고 고민을 털어 버린 내가 목적지인 평창동에 도착했음을 깨닫고 버스의 벨을 눌렀다.

오늘은 대명학원 장창기 원장이 소개해 준 고액 과외를 하는 첫 날.

장창기 원장이 알려 준 주소로 찾아갔던 내가 감탄했다.

도착한 곳이 표현 그대로 대저택이었기 때문이었다.

예전의 나였다면 이런 대저택 앞에서 주눅이 들었으리라.

그러나 지금은 다르다.

"나도 이런 저택에서 한번 살아 봐야지."

주눅이 드는 대신 욕심이 생긴다. 그리고 커다란 대문 앞에서 벨을 누르기 위해서 손을 뻗던 내가 멈칫했다.

'기생충들.'

퍼뜩 한 편의 영화가 떠올랐기 때문이었다.

"제시카는 외동딸, 시카고 일리노이."

무심코 극중 여배우가 불러서 큰 화제가 됐던 노래를 흥얼거리던 내가 실소를 흘리며 혼잣말을 꺼냈다.

"영화와 다른 점은 내가 진짜 한국대 학생이란 거야."

딩동, 딩동.

벨을 누르자 자동으로 대문이 열렸다.

열린 문으로 들어가자 잘 정돈되어 있는 너른 정원이 보였다.

그 정원을 감상하며 가로질러 걷다 보니, 양복을 입은 남자가 보였다.

"아가씨 과외를 맡기로 한 서진우 씨죠?"

"그렇습니다."

"집사 김복동입니다. 저를 따라오시죠."

양복 입은 남자가 앞장섰고, 난 남자의 뒤를 따랐다.

"서진우 선생님."

잠시 후 대저택 안으로 들어선 나는 안주인을 만났다.

'기생충들'이란 영화에 저택 안주인으로 등장했던 조아정 못지않게 섹시한 안주인의 모습을 기대했는데, 영화와 현실은 달랐다.

명품으로 온몸을 휘감고 있는 펑퍼짐한 체형의 안주인은 섹시와는 한참 거리가 멀었다.

"처음 뵙겠습니다. 서진우입니다."

"신문에서 봤던 것보다 훨씬 더 미남이시네요."

확실히 매스컴의 힘은 컸다.

대저택의 안주인도 동양 일보에 실렸던 내 기사와 사진을 본 모양이다.

"제가 신문에서 선생님 기사를 읽고 난 후, 딱 이분이다 하는 생각이 들었어요. 그래서 남편에게 선생님을 우리 수빈이의 과외 선생님으로 모시자고 제안했어요."

"기대에 부응할 수 있도록 최선을 다하겠습니다."

장창기 원장이 브로커 역할을 맡아서 과외비와 과외 시간에 대한 조율은 이미 마친 상황.

대저택의 안주인과 불편한 돈 얘기를 따로 할 필요는 없었다.

"먼저 학생을 만나 보고 싶습니다."

"어머, 내 정신 좀 봐. 김 집사."

"네, 사모님."

"선생님 이 층으로 모셔요."

"저를 따라오시죠."

"아줌마."

"네, 사모님."

"다과와 음료 빨리 준비해 주시고요."

집사의 뒤를 따라 계단으로 오르며 난 대저택의 내부를 살폈다.

그런 내가 찾는 것은 지하실로 통하는 비밀 출입구.

'영화의 영향력이 크긴 하네.'

무의식적으로 지하실로 통하는 비밀 출입구가 있지 않을까 하며 주변을 두리번거리다가 쓴웃음을 지은 난 잠시 후 과외를 받을 학생의 방 앞에 도착했다.

똑똑.

노크를 마치기도 전에 문이 열렸다. 문을 열고 서 있는 원피스를 입은 소녀의 얼굴을 확인한 순간. 지하실로 통하는 비밀 출입구 따위의 생각은 싹 사라졌다.

소녀의 얼굴을 바라보던 내 눈이 커졌다.

'채… 수빈?'

"채수빈이에요."

동물원 우리에 갇힌 원숭이를 관찰하듯 날 뚫어져라 바라보며 소녀가 이름을 밝혔다.

'수빈이란 이름이 낯이 익다고 했는데.'

아까 이 집의 안주인이 과외를 받을 딸의 이름을 수빈이라고 말했었다.

당시에는 무심코 넘겼다.

수빈이란 이름은 흔한 편이었으니까.

그렇지만 눈앞에 서 있는 것은 내가 알고 있던 그 채수빈이
맞았다.

마치 홀린 것처럼 난 채수빈을 빤히 바라보며 입을 뗐다.

"여기 있을… 인재가 아니었네."

"네? 무슨 뜻이에요?"

"아냐. 그냥 혼잣말이었으니까 신경 쓸 필요 없어."

"무슨 뜻이냐니까요?"

채수빈이 던지는 눈웃음.

여전히 치명적이다.

저 눈웃음에 반해서 열성 팬이 된 남자들의 수는 부지기수
였다.

그리고 나 역시 채수빈의 눈웃음에 반했던 남자들 중 하나
였고.

―혜성처럼 등장한 치명적인 눈웃음을 가진 그녀.

연예계 데뷔 후 깜짝 스타가 됐던 채수빈에 대한 수식어였
다.

그 수식어처럼 채수빈의 눈웃음은 치명적이었다.

그래서 지난 생에 영화 제작자가 되고 난 후에 내 마음을 뺏어 갔던 채수빈을 꼭 만나겠다고 각오를 다졌었는데.

당시 각오처럼 채수빈을 만나지도 못했고, 함께 작업을 해 보지도 못했다.

그 이유는 그녀가 요절했기 때문이었다.

'이렇게 만났네.'

과외를 하기 위해서 찾아온 저택에서 채수빈을 다시 만나 게 될 것이라고는 꿈에도 예상치 못했다.

그로 인해 당황하고 있던 내게 채수빈이 말했다.

"유명인이 내 앞에 있으니까 신기해요."

"유명인?"

"신문에도 나왔으니까 유명인이죠."

채수빈은 커다란 두 눈을 반짝이며 날 바라보고 있었다.

'그 정도가 유명인이면… 넌 슈퍼스타다.'

연예계에 혜성처럼 등장했던 채수빈의 인기는 대단했다.

그래서 속으로 말하며 쓰게 웃었던 내 표정이 딱딱하게 굳 어졌다.

'자살… 했었지.'

채수빈의 사인이 자살이란 사실이 뒤늦게 떠올라서였다.

'왜… 스스로 목숨을 끊었던 거지?'

그녀가 스스로 목숨을 끊었던 사건은 꽤 이슈가 됐다.

그럼에도 불구하고 채수빈이 스스로 목숨을 끊은 정확한

이유까지는 나도 알지 못했다.

유서도 남기지 않았기 때문이었다.

'우울증!'

경찰은 평소 우울증을 앓던 채수빈이 술에 취해 충동적으로 극단적인 선택을 했다는 식으로 발표를 했었다.

그러나 그 발표를 순순히 믿는 사람은 드물었다.

'우리가 모르는 뭔가 이유가 있을 거야.'

약물 중독, 생활고, 섹스 동영상 등등.

대중들은 채수빈의 죽음에 자신들이 알지 못하는 어떤 이유가 있을 거라고 추측했었다.

'일단… 생활고는 배제해야겠네.'

채수빈이 살고 있는 대저택을 확인했기에 속으로 생각하며 채수빈을 물끄러미 바라보고 있을 때였다.

"왜 그런 눈으로 보세요?"

내 눈빛이 심상치 않다는 사실을 알아챈 채수빈이 살짝 겁먹은 표정으로 물었다.

그제야 실수를 깨달은 내가 고개를 흔들어 상념을 털어 내기 위해 애썼다.

'아직 먼 훗날의 이야기일 뿐이야.'

채수빈이 스스로 목숨을 끊었던 시기.

지금으로부터 몇 년의 시간이 흐른 후였다.

벌써 걱정하고 신경을 쓴다 한들 달라질 것은 없었다.

그리고 난 채수빈의 과외 선생으로 찾아와 있었다.

그것도 월 천만 원을 받는 고액 과외 선생.

'일단은 돈값을 하자.'

결심을 굳힌 내가 물었다

"공부할 생각이 있긴 해?"

실력이 뛰어난 선생님을 만났는가?

학생에게 맞는 좋은 학습지로 공부하는가?

공부에 들이는 시간은 얼마나 되는가?

공부를 할 때 집중력을 유지하는 시간은 얼마나 되는가?

전문가들이 성적 향상을 위해 중요하다고 언급하는 요소들이다.

그렇지만 내가 판단하기에 가장 중요한 것은 따로 있다. 바로 학생의 의지다.

공부를 하겠다는 의지를 갖고 있는가 여부가 성적 향상을 위한 가장 중요한 요인이었다.

"솔직하게 대답해도 되요?"

"그래."

"공부할 생각 없어요."

내 우려대로 채수빈은 공부에 대한 의지가 없었다.

'공부 안 해도 돼. 넌 스타가 될 거니까.'

하마터면 입 밖으로 꺼낼 뻔했던 말을 간신히 삼킨 후 내가 한숨을 내쉬었다.

"그런데 왜 내게 과외를 받는 거야?"

"잘생겨서요."

"……?"

"어차피 과외는 받아야 하거든요. 그래서 기왕이면 잘생긴 선생님한테 받는 게 낫겠다는 생각이 들었어요."

무척이나 고맙다.

채수빈이 잘생겼다는 이유로 날 과외 선생으로 선택해 준 덕분에 월 천만 원을 벌게 됐으니까.

"하나 궁금한 게 있는데 물어봐도 돼요?"

"얼마든지 물어 봐."

"거짓말이죠?"

"응?"

"신문에 인터뷰 한 거 말이에요. 고2 때까지는 반에서 하위 권이었다가 고3 때 정신 차리고 공부해서 수능 만점 받았다는 것, 말이 안 되잖아요?"

"거짓말 아니고 사실이야."

"그게 어떻게 가능해요?"

"궁금하면 비결을 알려 줄게."

동양 일보 이은형 기자와 인터뷰를 할 때와는 달랐다.

지금은 월 천만 원이라는 고액 과외비를 받고 있는 입장이니, 기꺼이 비결을 공개할 수 있다.

"아, 고민된다."

채수빈이 팔짱을 낀 채 고민에 잠겼다.

"왜 고민하는 거야?"

"비결이 궁금하긴 한데. 그 비결을 들으면 앞으로 공부해야 할 것 같아서요."

한참을 더 고민하던 채수빈이 마음의 결정을 내린 듯 입을 뗐다.

"제 꿈은 연예인이에요."

채수빈은 대단한 비밀이라도 고백하듯 연예인이라는 자신의 꿈을 밝혔지만, 난 전혀 놀라지 않았다.

이미 그녀가 감추고 있던 비밀을 알고 있기 때문이다.

연예인으로 잘나갔던 채수빈의 모습을 이미 지켜봤는데 이고백을 듣고서 놀라면 그게 더 이상한 일이다.

"그런데 부모님이 반대하세요."

이번에도 난 놀라지 않았다.

2010년대 후반부터 연예인이라는 직업은 청소년들을 대상으로 한 장래 희망하는 직업에 대한 설문 조사에서 항상 3위 안에 들어갈 정도로 인기 있는 직업이었다. 고수익을 올릴 수 있고, 일거수일투족이 화제가 되는 셀럽으로서의 삶이 청소년들의 마음을 사로잡은 것이었다.

그러나 1990년대에는 달랐다.

천박한 딴따라라는 이미지가 워낙 강해서 자식이 연예인이 되는 게 꿈이라고 말하면 대부분의 부모들은 말리기 바빴다.

게다가 채수빈의 아버지는 누구인지는 아직 몰라도 꽤 많은 부를 축적한 사람이었다.

그런데 딸인 채수빈이 연예인이 꿈이라고 말하는데 쌍수를 들고 환영하며 응원해 줄 가능성은 낮았다.

모르긴 몰라도 신부 수업 받으면서 조신하게 지내다가 적당한 상류층 집안 자제와 혼인하길 바랄 테지.

"부모님은 설득해 봤어?"

내 질문에 채수빈이 고개를 끄덕였다.

"당연히 해 봤죠."

"설득 결과는?"

"씨도 안 먹혀요."

"그래?"

"아빠가 조건을 하나 내걸긴 했는데 실현 불가능한 조건이니까 무조건 반대하는 거나 마찬가지죠."

채수빈이 어두운 표정으로 말했다.

난 그녀의 이야기에 흥미를 느꼈다.

"좀 더 자세히 말해 줄 수 있어?"

"서경대가 마지노선이래요. 서경대 이상의 대학에 진학하면 하고 싶은 일을 마음껏 하게 해 주신대요. 그런데 그게 무조건 안 된다는 뜻이죠."

서경대는 대학 서열 5위권인 대학이다. 그리고 채수빈의 학교 성적은 아직 모르지만, 이렇게 절망적으로 이야기를 하는 것으로 봐서 바닥일 가능성이 높았다.

'2년 안에 서경대 진학?'

결코 쉬운 일은 아니었다.

그렇지만 아주 불가능한 일도 아니라는 생각을 하고 있을 때, 채수빈이 비장한 표정으로 말했다.

"가출할 거예요."

"가출?"

"그래서 아빠 엄마 보란 듯이 연예인으로 성공할 거예요."

채수빈의 각오를 들은 내가 천천히 고개를 끄덕였다.

그녀가 스스로 목숨을 끊은 이유를 짐작할 수 있었기 때문이었다.

연예인이란 꿈을 이루기 위해서 가출을 감행한 채수빈은 연예 기획사 대표에게는 좋은 먹잇감이었을 터였다.

세상 물정 모르는 채수빈에게 노예 계약을 맺고 난 후, 절대 도망칠 수 없는 약점까지 만들어 손에 움켜쥐었을 것이었다.

예를 들면 섹스 동영상 같은 약점.

그리고 채수빈이 연예인으로 상종가를 쳤을 때 단물을 빨다가, 인기가 시들해졌을 무렵에는 약점으로 협박하면서 성 접대를 시켰을 것이었다.

그런 생활을 견디다 못한 채수빈은 스스로 목숨을 끊는 극단적인 선택을 내렸을 것이었고.

"가출하지 마."

"왜요?"

"더 좋은 방법이 있으니까."

지난 생에서 채수빈의 운명은 비극으로 끝났다.

그러나 날 만났기에 채수빈의 운명은 바뀔 수 있었다.

"무슨 방법요?"

채수빈이 호기심을 감추지 않고 드러낸 순간, 내가 그 방법을 알려 줬다.

"연신대에 진학하는 거야."

주 2회 과외.

회당 과외 시간은 두 시간.

한 달 16시간 동안 과외 하고 천만 원을 과외비를 받는 셈이었다.

대충 계산하면 시간당 대략 60만 원.

난 첫 과외인 오늘 두 시간 동안 채수빈과 수다만 떨면서 백만 원이 넘는 돈을 번 셈이었다.

그리고 아직 끝이 아니었다.

장창기 원장은 다양한 인센티브 계약 방식도 제안했다.

예를 들면 모의 수학 능력 시험에서 학생의 성적이 과외 이전보다 20점 이상 상승하면 일정 금액의 인센티브를 받는 계약 방식이었다.

그러나 난 장창기 원장이 준비해 온 인센티브 계약 방식을 거절했다.

"고원대나 연신대에 진학하면 1억을 인센티브로 지급하는 조건을 추가해 주세요."

대신 새로운 인센티브 계약 방식을 역제안했다. 그리고 내가 역제안한 인센티브 계약 방식을 들은 장창기 원장은 우려를 표했다.

서울의 사립 명문대인 고원대와 연신대에 과외를 통해 성적을 향상시켜서 입학시키는 것이 무척 어려운 일이라는 것.

입시 학원 원장인 장창기가 누구보다 잘 알아서였다.

그러나 내가 이런 역제안을 하고 끝까지 밀어붙인 것.

자신이 있었기 때문이었다.

채수빈이 연신대에 진학하면 아버지가 제시한 조건을 충족하다고 남았다.

내가 채수빈을 서경대가 아니라 연신대에 합격시키기로 결심한 이유.

인센티브 일억 원을 받아 내기 위함이었다.

"말도 안 돼요."

내 이야기를 들은 채수빈에게서 돌아온 반응이었다.

"왜 말도 안 된다고 생각하는 거야?"

"선생님이 아직 제 성적을 몰라서 그런 말씀을 하시는 거예요."

"그럼 일단 가장 최근에 본 모의 수학 능력 시험 성적표를 보여 줘 봐."

"꼭 보여 드려야 해요?"

"그래. 내가 지도할 학생의 현 상태를 정확히 진단하는 것부터 시작이니까."

채수빈이 뺨을 붉힌 채 책상 서랍 깊숙한 곳에 넣어 두었던 성적표를 꺼내서 내게 건넸다.

'부끄러워할 만하네.'

그 성적표를 확인한 내 입가로 미소가 번졌을 때였다.

"지금 비웃으신 거죠?"

채수빈이 발끈하며 물었다.

"비웃은 것 아냐."

"그럼 왜 웃으신 건데요?"

"예전 내 성적표를 보는 것 같아서 나도 모르게 웃음이 났던 거야. 궁금해하는 것 같으니 보여 줄까?"

"정말 볼 수 있어요?"

"어려울 것 없지."

내가 가방에서 미리 챙겨 온 고등학교 2학년 때의 성적표를 꺼내서 채수빈의 앞으로 내밀었다.

그 성적표를 받아들고 살피던 채수빈이 두 눈을 동그랗게 떴다.

"어머, 거짓말이… 아니었네요."

형편없는 내 성적표를 뚫어져라 바라보던 채수빈의 입가로 미소가 번졌다.

그 미소를 놓치지 않은 내가 물었다.

"지금 비웃은 거야?"

"그런 것 아니거든요."

"그럼 왜 웃은 거야?"

"동질감이 느껴져서 반가워서요."

채수빈이 눈웃음을 흘렸다.

'여전히 치명적이네.'

하마터면 흔들릴 뻔한 마음을 다잡으면서 내가 말했다.

"보다시피 고2 때까지만 해도 내 성적은 형편없었어. 그런데 수학 능력 시험에서 만점을 받고, 한국대학교에 입학하는데까지 딱 1년 걸렸어. 내가 했으니까 너도 할 수 있어."

채수빈에게 희망을 심어 주기 위해서 꺼낸 말이었는데.

그녀의 표정은 밝아지지 않았다.

"선생님과 저는 달라요. 선생님이니까 가능한 거였죠."

"네 말대로 우린 달라. 굳이 따지자면 네가 더 유리한 조건이지."

"제가 더 조건이 유리하다고요?"

"그래. 우선 네게 남아 있는 시간이 더 길어."

채수빈은 겨울 방학이 끝나면 고등학교 2학년이 됐다.

즉, 대학에 진학할 때까지 2년의 시간이 남아 있는 것이었다.

"한국대보다는 연신대의 입학 커트라인이 낮은 것도 네게 유리한 조건이지. 그리고 결정적으로 유리한 조건은 내가 네 옆에 있다는 거야."

아까와는 채수빈의 표정이 바뀌었다.

그녀가 밝아진 표정으로 질문했다.

"진짜 제가 연신대에 합격할 수 있어요?"

내가 고개를 끄덕이며 힘주어 대답했다.

"내가 그렇게 만들어 줄 거야."

"저, 열심히 할게요."

채수빈의 두 눈에 파이팅이 넘쳤다.

'일단 공부에 대한 의지는 생겼네.'

채수빈에게 공부에 대한 열정과 의지를 심어 주겠다는 일차 목표를 달성하는 데 성공한 내가 다음으로 당근을 꺼냈다.

"연예인이 되고 싶다고 했었지? 연신대에 합격하고 나면 내가 연예인으로 성공할 수 있도록 도와줄게."

"선생님이 어떻게요?"

"내가 영화 제작 일을 하거든."

"선생님이 영화 제작 일을 한다고요?"

채수빈은 불신 어린 시선을 던지고 있었다. 그러나 내가 지갑에서 빼낸 명함을 건네자 좀 전까지 두 눈에 깃들어 있던 불신이란 감정은 흔적도 없이 사라졌다.

'이렇게 순진하니 당하지.'

채수빈의 반응을 살피던 내가 한숨을 내쉬었다.

난 예비 대학생이었다. 그리고 내가 세운 레볼루션필름에서 제작해서 개봉한 작품은 아직 없었다.

그런데 레볼루션필름 대표 서진우라고 적혀 있는 명함 한 장을 건네자, 채수빈은 내게 존경의 눈빛을 던지고 있었다.

'내가 지켜 주마.'

적어도 채수빈이 양아치 같은 놈들에게 실컷 이용당하다가 죽임을 당하는 비참한 운명을 맞이하게 만들지는 않겠다고 속으로 다짐했다.

이것이 한때 채수빈의 팬이었던 내가 그녀에게 해 줄 수 있는 최소한의 도리였다.

"지금은 영화 제작 일을 하고 있지만, 곧 연예 기획사도 세울 거야. 만약 내가 세울 연예 기획사 소속 연예인이 되면 책임지고 밀어줄게."

"정말… 이세요?"

"거짓말은 안 해."

빈말을 한 게 아니었다.

일단 영화 제작자로 엔터테인먼트 업계에 뛰어들었지만, 내 꿈은 영화 제작자로 성공하는 것이 아니었다.

엔터테인먼트 업계의 제왕이자, 컬처 크리에이터가 되는 것.

이게 내 꿈이었고, 그 꿈을 이루기 위한 일환으로 곧 연예

기획사도 설립할 계획을 갖고 있었으니까.

"선생님."

"응?"

"고마워요."

와락.

채수빈이 내 품으로 뛰어들었다.

엉겁결에 그녀를 품에 안은 순간, 난 당황했다.

물컹.

아직 앳된 얼굴인데, 채수빈은 글래머였다.

베이글녀의 표본.

그래서 그녀를 밀어낼 생각도 하지 못한 채 내 얼굴이 달아
올랐다.

'좋네.'

회귀를 한 덕분에 한때 팬이었던 채수빈과 가까워졌을 뿐
만 아니라, 그녀를 품에 안는 호사까지 누리게 됐다.

콧속으로 파고드는 꽃 내음에 취해서 몽롱한 표정을 짓고
있던 난 이내 아쉬움을 느꼈다.

내 품에 안겨 있던 채수빈이 떨어졌기 때문이었다.

부끄러워서일까.

채수빈의 얼굴도 붉게 상기되어 있었다.

어색한 분위기.

'정신 차리자. 지금 채수빈은 겨우 고등학교 1학년일 뿐

이다.'

내가 정신을 차리기 위해서 애쓰고 있을 때, 채수빈이 다시 입을 뗐다.

"아까 했던 약속, 꼭 지키셔야 해요."

내가 고개를 끄덕이며 말했다.

"그 약속을 지킬 수 있게 네가 도와줘."

"……?"

"일단 수빈이가 연신대에 입학해야만 내가 했던 약속을 지킬 수 있으니까."

*　　　*　　　*

리온엔터테인먼트.

주차장에 차를 세운 후 이현주가 긴장을 풀기 위해서 크게 숨을 들이마셨다.

그런 그녀가 조수석에 앉아 있는 서진우를 신기하게 바라보았다.

"서 대표는 안 떨려?"

"안 떨립니다."

"만약 리온엔터테인먼트에서 투자 승인이 안 나면, '텔 미 에브리씽'이 제작되지 못하고 엎어질 수도 있어. 그럼 그동안 들인 시간과 노력, 돈까지 다 날아가는 거고."

"저도 알고 있습니다."

"그런데도 긴장이 안 된다고?"

"네."

"대체 뭘 믿는 거야?"

"박중배 팀장의 안목을 믿습니다."

'박중배 팀장의 안목을 믿는다고?'

이현주가 조금 놀랐다.

서진우가 예상했던 것과 다른 대답을 꺼냈기 때문이었다.

'저를 믿습니다.'

이현주가 내심 예상했던 서진우가 꺼낼 대답이었다.

그런데 서진우는 자신이 아니라 리온엔터테인먼트 투자 팀장인 박중배의 안목을 믿는다는 대답을 꺼냈다.

"혹시… 박중배 팀장과 친분이 있어?"

"전혀 없습니다."

"그런데 왜 박중배 팀장의 안목을 믿는다는 거야?"

"리온엔터테인먼트 투자 팀장 자리까지 올랐을 정도면 좋은 작품, 흥행할 작품을 알아보는 안목 정도는 갖췄을 거라고 믿고 싶습니다."

"나도 그랬으면 좋겠네. 늦을라. 빨리 들어가자."

메이저 투자사 투자 팀장의 권한은 막강하다.

그의 말 한마디에 따라서 영화가 제작되기도 하고 영화 제작이 무산되기도 하니까.

그리고 리온엔터테인먼트 박중배 팀장이 가장 싫어하는 것이 약속 시간에 늦는 것이었다.

약속 시간에 늦어 박중배 팀장의 심기를 거스르지 않기 위해서 이현주가 걸음을 재촉했다.

리온엔터테인먼트 투자 팀 회의실에 도착한 후, 난 슬쩍 미간을 찡그리며 참았던 숨을 내쉬었다.

아까 주차장에서 이현주와 대화할 때, 전혀 긴장이 되지 않는다고 대답했지만 그건 거짓말이었다.

나도 긴장이 됐다.

특별할 것 없는 평범한 회의실.

그런데 투자 팀 회의실의 공기는 이상하게 무거웠다.

마치 산소가 희박한 고산 지대에서 호흡하는 것처럼 숨쉬기가 힘들었다.

이 회의실 내에서 내려지는 결정으로 인해 최선을 다해 준비한 영화가 제작되느냐, 제작이 무산되느냐가 정해진다는 사실을 잘 알고 있기 때문이리라.

이번 생에는 다를 줄 알았는데.

투자 팀·회의실 안에서는 여전히 숨쉬기가 힘들었다.

스윽.

탁자 위에 올려 두었던 손을 들어 손목시계를 확인했다.

오후 5시 15분.

박중배 팀장과의 약속 시간은 오후 다섯 시였다. 그런데 약속 시간에서 15분이 흘렀음에도 박중배 팀장은 회의실로 들어오지 않았다. 그리고 박중배 팀장이 약속 시간이 지났음에도 나타나지 않는 이유에 대해서 설명하기 위해서 회의실로 들어오는 투자 팀 직원도 없었다.

그 후로 오 분이 더 지나서야 회의실 문을 열고 박중배 팀장이 들어왔다.

"이 대표, 오느라 고생했네."

박중배 팀장은 뿔테 안경을 고쳐 쓴 후 이현주 대표에게 악수를 청했다.

"요새 바쁘지?"

"네, 새 작품 준비하느라 좀 바빴어요."

"유니버스필름에서 준비하는 새 작품인 '텔 미 에브리씽', 괜찮던데?"

박중배 팀장이 '텔 미 에브리씽'에 대해 언급한 순간, 이현주 대표의 표정이 밝아졌다.

투자 유치에 긍정 신호라고 판단했기 때문이리라.

반면 내 표정은 굳어졌다.

'마음에 안 드네.'

지금의 상황이 영 못마땅했기 때문이었다.

일단 박중배 팀장이 약속 시간보다 20분이나 늦게 도착했다는 것이 마음에 들지 않았다. 그리고 약속 시간에 늦는 것이 마치 당연하다는 듯이 미안하단 사과 한마디 없었던 것은 더욱 마음에 안 들었고.

게다가 이현주 대표와 함께 리온엔터테인먼트로 찾아온 내게는 악수도 청하지 않고 시선도 주지 않고 있었다.

'신생 영화 제작사 대표라서 무시한다 이거지.'

박중배 팀장이 날 철저히 외면하는 이유를 내가 짐작하지 못할 리 없었다.

사람 면전에서 무시하는 것 아니라고 한마디 쏘아붙이고 싶은 것을 난 필사적으로 참았다.

나 혼자였다면 이미 들이받았겠지만, 유니버스필름 이현주 대표와 동석한 자리였기 때문이었다.

"검토 결과는 나왔나요?"

그때 이현주 대표가 유니버스필름과 레볼루션필름이 공동 제작하는 작품인 '텔 미 에브리씽'에 대한 투자 검토 결과가 나왔는지를 물었다.

"결과는 나왔어."

"어느 쪽인가요?"

"긍정적인 방향이야."

투배사 리온엔터테인먼트에서 '텔 미 에브리씽'에 투자하겠다는 이야기를 들은 이현주 대표의 표정이 더욱 밝아졌다. 그러나 아직 기뻐하기는 일렀다.

한국말은 끝까지 들어봐야 한다는 옛말대로였다.

"그런데 마음에 걸리는 점이 있어."

"어떤 점이 마음에 걸리시나요?"

"오승완 감독."

"……."

"오승완 감독이 연출했던 상업 영화들이 흥행에 참패했어. 투자사에서 제일 꺼리는 것이 흥행에 참패한 이력이 있는 감독들이야. 입봉 못 한 신인 감독들보다도 더 꺼린다는 것, 이 대표도 잘 알고 있잖아?"

내가 고개를 돌려 이현주 대표를 살폈다.

분한 듯 지그시 입술을 깨물고 있던 이현주 대표가 조심스럽게 물었다.

"감독 교체를 요구하시는 건가요?"

"이 대표와 오승완 감독 관계를 내가 모르는 것도 아닌데 감독 교체까지 요구할 수는 없지."

"그럼 원하시는 게 무엇인가요?"

"우리 측에서 실패 경험이 있는 오승완 감독이라는 위험 부담을 안고 갈 테니까, 대신 수익 배분 비율을 조정하지."

이현주 대표가 슬쩍 미간을 찌푸리기는 했지만, 당황한 기색은 아니었다.

박중배 팀장이 이렇게 나올 것을 어느 정도 예상했다는 뜻.

그리고 이현주는 어떤 대답을 꺼내는 대신 날 바라보았다.

'유니버스필름 단독 제작이었다면, 이 제안을 받아들였을

거야.'

날 바라보는 이현주 대표의 표정은 무척 간절했다.

그 간절한 표정을 확인한 순간, 내가 떠올린 것은 오승완 감독의 얼굴이었다.

'결혼 잘했네.'

이현주 대표가 투자사와 제작사 간의 수익 배분 비율까지 바꿔가면서 이번 작품을 하려는 이유는 오승완 감독 때문이었다.

이번 기회가 아니면 오승완 감독이 재기하기까지 무척 오랜 시간이 걸린다는 것을 알고 있기 때문에, 이런 수모와 손해를 기꺼이 감수하려는 것이었다.

"팀장님."

"말해."

"'텔 미 에브리씽'은 유니버스필름에서 단독 제작하는 것이 아닙니다. 이 자리에 동석한 레볼루션필름 서진우 대표와 공동 제작을 하고 있습니다. 그러니 제가 독단적으로 결정할 수 있는 사안이 아닌 것 같네요."

내가 협상의 변수가 될 수 있다는 사실을 알아챈 박중배 팀장이 뒤늦게 내게 알은체를 했다.

"이거 내가 큰 실수를 했구먼. 하도 어려 보여서 난 이 대표가 새로 뽑은 직원인 줄 알고 있었어. 반갑네. 정식으로 인사하지. 리온엔터테인먼트 투자 팀장 박중배라고 하네."

박중배가 사과하며 손을 내밀어 악수를 청했다.

그렇지만 난 악수를 하지 않고 자리에서 일어났다.

"일어서시죠."

"응?"

"협상은 결렬됐으니 그만 나가자는 뜻입니다."

내가 단호한 표정을 짓고 있는 것을 확인한 이현주 대표는 당황한 기색이었다.

"서 대표, 너무 감정적으로 나서지 말고……."

그런 이현주가 날 만류했다.

'텔 미 에브리씽'의 투자 유치가 거의 확정된 상황.

또, 오승완 감독이 재기할 수 있는 기회를 놓치기 너무 아쉬워서일 터였다.

그로 인해 잠시 마음이 흔들렸지만, 난 이내 흔들리던 마음을 다잡고 재촉했다.

"어서 일어서세요."

이현주 대표가 더 버티지 못하고 자리에서 일어선 순간, 박중배 팀장이 황당한 표정을 지은 채 물었다.

"좀 전에 협상은 결렬됐다고 했나?"

"그렇습니다."

"그 말이 무슨 의미인지는 알고 하는 건가?"

"물론 알고 있습니다. 유니버스필름과 레볼루션필름에서 공동 제작하고 있는 '텔 미 에브리씽'의 투자, 리온엔터테인먼트에서 받지 않겠다는 뜻입니다."

"자네, 제정신인가?"

"물론 제정신입니다. 투자사가 리온엔터테인먼트만 있는 것은 아니지 않습니까?"

"이… 이……."

"그럼."

내가 미련 없이 몸을 돌려서 걸어가다가 멈춰섰다.

"기왕 협상이 틀어진 마당이니 충고 하나 하겠습니다."

"내게… 충고를 한다고?"

"최소한의 예의는 갖추고 협상에 임하십시오."

"내가 무슨 실수를 했다고……."

"오승완 감독님!"

"……?"

"이현주 대표님과 오승완 감독님이 부부라는 것, 박 팀장님도 알고 계시지 않습니까? 그걸 알면서도 오승완 감독님을 까내리면서 협상을 유리하게 이끄는 것, 너무 지나치고 무례한 처사라고 생각하지 않습니까?"

정곡을 찔린 박중배 팀장의 말문이 막힌 것을 확인한 내가 덧붙였다.

"그리고 제게 인사를 하긴커녕, 눈길도 주지 않았던 것도 지나친 처사였습니다."

"그건 아까도 말했듯이 이 대표가 새로 뽑은 직원일 줄 알고⋯⋯."

"일개 영화 제작사인 유니버스필름의 직원에게는 인사를 건네지도 않고 투명 인간 취급을 해도 되는 겁니까?"

박중배 팀장의 말문이 재차 막힌 순간, 난 고개를 돌려서 이현주 대표를 살폈다.

묵은 체증이 내려간 듯한 표정을 짓고 있는 이현주 대표는 더 이상 날 말리거나 제지하지 않았다.

"이 대표님."

"응? 응."

"제가 실수했습니다."

"무슨 뜻이야?"

"아까 주차장에서 리온엔터테인먼트 투자 팀장은 작품을 보는 안목이 있을 테니까 '텔 미 에브리씽'이란 작품을 절대 놓치지 않을 거라고 말씀드렸습니다. 그런 제 생각이 틀렸던 것 같습니다. 눈앞의 작은 이익에 눈이 멀어서 큰 이익을 보지 못하는 분이니까요."

내 말이 끝나기 무섭게 박중배 팀장이 소리쳤다.

"내가 소탐대실하고 있다는 뜻인가?"

"아닙니까? 수익을 좀 더 얻으려다가 아주 좋은 작품을 놓치신 것. 분명히 후회하게 될 겁니다."

차갑게 쏘아붙인 내가 멈췄던 걸음을 다시 옮겼다. 그리고 회의실 문고리를 움켜쥐었을 때, 등 뒤에서 박중배 팀장의 고성이 들려왔다.

"레볼루션필름 서 대표라고 했지? 너… 앞으로 영화 안 만들 거야?"

"물론 계속 만들 겁니다."

"내 도움 없이 영화 일 계속할 수 있을 것 같아?"

무례한 갑질에 이어 협박까지 일삼고 있는 박중배 팀장은 무척 흥분한 상태였지만, 난 담담한 목소리로 질문했다.

"왜 영화 일을 시작했습니까?"

"뭐라고?"

"영화 일을 시작하실 때, 사람들에게 선한 영향을 미칠 수 있는 좋은 영화, 훌륭한 영화를 만들어야겠다는 다짐을 갖고 계시지 않았습니까? 그런데 왜 초심을 잃어버리고 이렇게 형편없게 변했습니까?

"건방지게 지금 누구한테 훈계를……?"

"영화는 결국 사람에 관한 이야기입니다. 그리고 좋은 영화를 만들기 위해서는 사람에 대한 애정과 예의, 존중이 바탕이 돼야 합니다. 그런데 그 애정과 예의, 존중을 잃어버린 박 팀장님이 과연 좋은 영화를 만들 수 있을까요?"

다시 말문이 막힌 채 우두커니 서 있는 박중배 팀장에게 내가 가볍게 고개를 숙이며 덧붙였다.

"주제넘은 충고였다면 죄송합니다."

$$*\qquad*\qquad*$$

"죄송합니다."

리온엔터테인먼트 사옥을 빠져나온 후, 난 이현주 대표에게 사과했다.

내가 참지 못하고 들이받아 버린 바람에 협상이 결렬된 것은 사실이었기 때문이었다.

이현주 대표가 무척 실망했을 거라고 예상했는데.

"괜찮아. 서 대표가 틀린 말 한 것 하나도 없으니까. 솔직히 말하면 속이 다 후련할 지경이야. 내가 걱정하는 건 서 대표 야."

당연히 '텔 미 에브리씽'의 투자 유치를 걱정하고 있을 거라고 생각했는데, 내 예상은 빗나갔다.

"왜 절 걱정하시는 겁니까?"

"앞으로 계속 영화 만들어야 하는데 박중배 팀장에게 찍혀서 곤란한 일이 한둘이 아닐 테니까. 그래서 오히려 내가 미안해. 서 대표가 나서기 전에 영화판 선배인 내가 나서서 박중배 팀장에게 따졌어야 옳았어."

"그것 때문이라면 신경 쓰실 것 없습니다. 박중배 팀장과 사이가 틀어졌다고 해서 영화를 못 만드는 것 아니니까요."

"대체 서 대표는 뭘 믿고 이렇게 자신만만한 거야?"

"저를 믿습니다. 두고 보십시오. 좋은 영화를 계속 만들어서 제 말이 틀리지 않았다는 것을 증명할 테니까요."

"그 패기가 부럽다."

고개를 절레절레 흔들던 이현주가 물었다.

"그나저나 이제 어떻게 해야 하지?"

"다른 투자사를 찾아야죠."

"그래. 투자사가 리온엔터테인먼트만 있는 것은 아니니까."

"새로운 투자자를 찾아서 '텔 미 에브리씽'을 대박내서 예의 없이 굴면서 작은 이득에 욕심을 부렸던 박중배 팀장이 후회하게 만들어 줄 겁니다."

상상만으로도 기대가 되는 걸까.

이현주가 아까보다 한층 밝아진 표정으로 말했다.

"서 대표와 함께라고 생각하니 든든하네."

"말씀만이라도 감사합니다."

이현주가 팔을 들어 내게 어깨동무를 하며 덧붙였다.

"우리, 오래가자."

*   *   *

"곧 좋은 소식이 들려올 거야."

'텔 미 에브리씽'은 좋은 작품이었다. 그리고 좋은 작품을 알아보는 안목을 갖춘 투자 팀장이 곧 나타날 거란 내 예상은 적중했다.

삐빅. 삐빅.

과외를 하기 위해서 집을 막 나섰을 때, 이현주 대표에게서 삐삐가 도착했다.

—8282.

급한 연락임을 확인하고서 근처 공중전화를 찾았다.

"무슨 일입니까?"

—서 대표, 기쁜 소식이야. 쇼라인 엔터테인먼트 연락이 왔어.

"예상보다 빨리 답이 돌아왔네요."

리온엔터테인먼트와의 투자 협상이 틀어진 후, 투자 심사를 넣은 곳은 쇼라인 엔터테인먼트였다. 새로운 투자자를 찾아야 한다는 생각에 초조했을 텐데 예상보다 훨씬 일찍 쇼라인 엔터테인먼트에서 연락이 왔으니, 이현주 대표의 상기된 목소리도 이해가 되었다.

—쇼라인 엔터테인먼트 투자 팀 엄기백 팀장이 유니버스 필름에서 제작했던 '홍길동이 돌아왔다'를 좋게 봤대. 그래서 '텔 미 에브리씽'을 최우선으로 검토했다고 하더라고.

"미팅 일정은 잡았습니까?"

쇼라인 엔터테인먼트에서 '텔 미 에브리씽'에 관심을 보인다고 해서 투자 유치가 확정된 것은 아니었다.

협상을 거쳐야 했다.

—미팅 말고 식사 일정을 잡을 거야.

"네?"

―실은 엄기백 팀장이 통화 중에 전액 투자 결정을 했다고 밝혔어. 그래서 메일로 계약서 조율하고 미팅 말고 식사나 함께 하자고 제안하더라고.

"다행이네요."

―이럴 게 아니라 투자도 거의 확정됐으니 공동 제작자끼리 한번 뭉쳐야지?

"오늘은 안 됩니다."

―미성년자라서? 지난번처럼 서 대표는 사이다 마시면 되잖아.

남들 소주 마시는데 혼자 사이다를 마시는 것.

고문이나 다름없었다.

똑같은 경험을 반복하고 싶지는 않았다. 그리고 내가 술을 마시자는 이현주의 제안을 거절한 것은 그 이유 때문이 아니었다.

선약이 있었기 때문이었다.

"과외 해야 합니다."

―과외? 그런 것도 해?

"한국대 법학과 진학 예정이라고 말씀드렸잖습니까?"

―그럼 어쩔 수 없네. 다음에 뭉치지 뭐.

이현주와의 통화를 마친 내 눈에 공중전화 주변에 모여서 휴대 전화로 통화하는 사람들의 모습이 보였다.

"시티폰이네."

공중전화 주변에 모인 사람들이 귀에 대고 있는 것은 휴대 전화가 아니라 시티폰이었다.

이 무렵 폭발적인 인기를 모았던 히트 아이템.

시티폰의 장점은 가격이 저렴한 편이라는 것이었지만, 단점도 분명했다.

수신이 불가능하고 발신만 가능하다는 점과 공중전화 주변에서만 통화가 가능하다는 점이었다.

이것이 시티폰을 든 사람들이 공중전화 주변에 몰려 있는 이유.

'나도 사용했었지.'

지난 생의 나 역시 대학 신입생 시절에 시티폰을 사용했던 기억이 났다.

그렇지만 아까 말한 단점들로 인해 시티폰의 인기는 금세 시들해졌다.

대신 휴대 전화가 인기를 얻었다.

"벽돌폰이긴 해도 지금은 아쉽네."

이미 최신형 스마트폰을 경험한 내 입장에서 부피가 크고 무거워서 훗날 벽돌폰이라 불리는 휴대 전화를 사용하는 것.

영 내키지 않았다.

그러나 명색이 사업가인데 휴대 전화가 없으니 여러 모로 불편한 것이 사실이었다.

"휴대 전화부터 구입해야겠네. 차도 한 대 필요하고. 아, 면허부터 따야 하는구나."

자랑하듯 시티폰을 들고 누군가와 통화하는 사람들을 둘러보던 나는 과외 시간에 늦지 않기 위해서 서둘러 걸음을 옮겼다.

*　　　　*　　　　*

"수학이 제일 어려워요."

채수빈이 울상을 지은 채 하소연했다.

'귀엽네.'

내 눈에는 울상을 짓고 있는 채수빈도 귀여웠다.

'암기력도 좋아.'

지금까지 과외를 하며 내가 깨달은 것은 채수빈의 암기력이 좋은 편이라는 것이었다.

'대사도 잘 외웠었지.'

연예계 생활을 할 당시 괜히 대사를 잘 외운다고 정평이 났던 게 아니었다.

게다가 내게 약속했던 대로 채수빈은 진짜 열심히 공부했다.

덕분에 암기 과목인 사회 탐구 영역의 성적은 가파르게 상승했다.

개학을 한 후에 모의 수학 능력 시험을 보고 성적표가 나오면 부모님은 물론 채수빈도 깜짝 놀랄 만큼 성적이 상승하리라.

그런 그녀가 가장 어려워하는 과목이 수학이었다.

"수학이 어렵다는 것은 고정 관념이야."

"고정 관념… 요?"

"수학은 응용 과목이 아니라 암기 과목이거든. 공식들만 확실히 암기하고 나면, 문제를 푸는 건 의외로 간단해."

"정말 쉬워요?"

"수빈아, 내가 믿는 자에게 복이 있다고 했지? 아직도 날 못 믿어?"

"앗, 나의 실수. 선생님은 무조건 믿어요."

'나도 남자니까 백 퍼센트 믿지는 마라.'

속으로 충고하며 책을 덮자, 채수빈이 물었다.

"선생님, 배고프죠?"

"응."

"기대하세요. 우리 아줌마 음식 솜씨, 짱 좋으니까."

우리 엄마가 아니라 우리 아줌마 음식 솜씨가 짱 좋다는 채수빈의 말을 듣고 나니, 새삼 빈부 격차가 느껴졌다.

어쨌든 내가 이현주 대표와의 만남을 뒤로 미룬 이유.

과외를 마치고 채수빈의 집에서 저녁 식사를 하기로 했기 때문이었다.

"혹시 걱정되세요? 우리 아빠 그렇게 무서운 사람 아니니까 부담 가질 필요 없어요."

채수빈이 긴장한 기색을 감추지 못하는 날 위해서 말했다.

그렇지만 전혀 위안이 되지 않았다.

'네 아빠, 무서운 사람이란다.'

채수빈은 그녀의 아빠가 정확히 무엇을 하는 사람인지 몰랐다.

"회사 다니실걸요. 증권 회사 다니는 걸로 알고 있는데."

아빠의 직업을 물었을 때, 채수빈이 했던 대답이었다. 그리고 이런 대답을 한 것이 채수빈이 그녀의 아빠에 대해서 모른다는 증거였다.

정보가 돈이자 힘이다.

지난 생에 내가 얻은 깨달음이다.

그래서 채수빈의 부친에 대한 조사를 따로 했었다.

채수빈의 부친 이름은 채동욱.

내가 조사한 바에 의하면 채동욱은 증권 회사 직원이 아니었다.

투자 전문 회사인 '밸류에셋'의 대표 이사였다.

그리고 채동욱은 능력이 있었다.

2020년에도 '밸류에셋'이란 투자 회사가 망하지 않고 여전히 존재했다는 것이 그가 능력 있는 투자자이자 경영자라는 증거였다.

"아, 배고프다. 아빠가 빨리 왔으면 좋겠다."

아무것도 모르는 채수빈은 천진난만하게 배가 고프다고 불평했다.

그렇지만 난 허기를 전혀 느끼지 못했다.

여전히 긴장 상태였기 때문이었다.

그리고 내가 긴장한 이유는 채동욱이 무서워서가 아니다.

채동욱을 상대로 투자를 받겠다는 뚜렷한 목표가 있기 때문이었다.

＊　　　　＊　　　　＊

"우신은행 주식 모두 매각하라고 했는데 왜 이렇게 꾸물거리는 거야? 손해라는 것 누가 몰라? 조금만 기다리면 반등할 거라고 말한 놈 누구야? 그놈, 잘라. 해고하라고. 잔말 말고 내일 장 열리자마자 우신은행 주식 다 내던져. 내 말, 알아들었어?"

통화를 마친 채동욱이 세단 뒷좌석 시트에 등을 깊숙이 묻은 채 양손을 들어 올려 마른세수를 했다.

"다들 태평하구먼."

차창 밖으로 거리 풍경을 바라보던 채동욱이 한숨을 내쉬었다.

아무것도 모르는 사람들은 환하게 웃으며 데이트를 즐기거나, 술에 취해서 비틀거리고 있었다.

그런 그들이 한심하게 느껴지는 것은 어쩔 수 없었다.

'분위기가 심상찮아. 이러다가 기업 수십 개가 도산할 수도 있어.'

일반인들과 채동욱은 접하는 정보의 질이 달랐다. 그래서 일반인들은 뉴스를 통해 국내 경기가 좋지 않다는 소식을 접한 것이 다였지만, 채동욱은 뉴스가 알려 주는 것보다 국내 경기 상황이 훨씬 심각하다는 것을 알고 있었다.

특히 외환 보유고가 바닥났다는 것이 문제였다.

"IMF 구제 금융."

채동욱이 작게 혼잣말을 꺼냈다.

최악의 경우에는 IMF 구제 금융을 받아야 할 가능성도 있었다. 그리고 그때의 대한민국은 이미 대혼란에 접어들었을 터.

미리 최악의 상황을 가정하고 대비를 해야 했다.

그때, 휴대 전화 벨소리가 울렸다.

아내인 양미향에게서 걸려온 전화였다.

"왜?"

여느 때와 다름없이 무뚝뚝한 목소리로 전화를 받자, 양미향이 물었다.

"오늘 저녁 약속, 잊은 건 아니죠?"

"기억하고 있어. 오 분 뒤에 도착할 테니까 끊어."

퉁명스레 말하고 통화를 마친 채동욱이 못마땅한 표정을
지었다.

"세상이 어떻게 돌아가는지도 모르고 팔자 좋은 여편네."

하나뿐인 딸의 과외 선생과의 저녁 식사 약속에 양미향은
짐작하고 있었다.

"이름이… 서진우라고 했지."

월 천만 원의 과외비.

분명 적지 않은 금액이었지만, 채동욱이 부담을 느낄 정도
는 아니었다. 그리고 사기를 당한 것도 아니었다.

올해 유일한 수능 만점자인 서진우의 인터뷰가 실렸던 신
문 기사를 봤으니까.

아직 과외를 받은 채수빈의 성적이 올랐는가를 확인할 수
는 없었다.

그렇지만 채수빈은 서진우에게서 과외를 받기 시작한 이후
표정이 눈에 띄게 밝아졌고, 말수도 늘어났다.

그것만으로도 서진우가 월 천만 원어치의 역할은 충분히
했다고 채동욱은 판단하고 있었다.

그래서 못 이긴 척 저녁 식사 약속을 수락한 것이었고.

잠시 후, 기사가 운전하는 세단이 채동욱의 집 앞에 도착했
다.

*　　　　　*　　　　　*

"처음 뵙겠습니다. 수빈이 과외를 하고 있는 서진우라고 합니다."

채동욱이 먼저 인사하는 서진우를 유심히 살폈다. 키는 180㎝가 좀 넘었고, 호남형의 얼굴이었다.

"수빈이 애비인 채동욱이라고 하네. 만나서 반갑군."

간단하게 인사를 나누던 채동욱이 슬쩍 미간을 찌푸렸다.

"아빠, 선생님 잘생겼죠?"

채수빈이 서진우의 팔짱을 가볍게 끼며 질문하는 모습을 확인했기 때문이었다.

딸아이가 자신이 아닌 다른 남자에게 저렇게 살갑게 구는 모습을 본 것.

이번이 처음이었다.

해서 채동욱의 기분이 살짝 상했을 때였다.

"시장하시죠? 식사 준비 다 됐어요."

양미향이 식사 준비가 끝났다고 알렸다.

"밥 먹으면서 얘기하세."

식탁 상석에 앉은 채동욱의 눈에 서진우의 옆자리를 차지하고 있는 채수빈의 모습이 들어왔다.

"선생님은 뭐 좋아하세요? 아줌마가 해 주는 잡채와 갈비찜 맛이 끝내줘요. 한번 드셔 보세요."

여전히 서진우에게 살갑게 구는 채수빈의 모습을 애써 외면한 채로 채동욱이 숟가락을 들었다.

"서 선생은 한국대에 진학할 건가?"

"네, 한국대 법학과에 진학할 예정입니다."

"그럼 내 후배가 되겠군."

채동욱도 한국대를 졸업했다.

전공은 경영학과.

비록 전공은 달랐지만, 한국대학교를 졸업한 것은 같으니 대학 후배가 되는 셈이었다.

"법학과에 진학하면 곧 사법 고시를 준비하겠군."

사법 고시에 합격해서 판검사, 혹은 변호사가 되는 것이 서진우의 꿈일 거라 예상하며 채동욱이 말했다.

"사법 고시는 치르지 않을 겁니다."

그러나 서진우는 채동욱의 예상과 다른 대답을 꺼냈다.

"한국대 법학과에 진학하면서 사법 고시를 치르지 않는다?"

"한국대 법학과에 진학하는 것, 법조인이 되기 위함이 아닙니다."

"그럼 한국대 법학과에 진학하려는 이유가 뭔가?"

"인맥을 쌓기 위함입니다."

"인맥을 쌓기 위해서 한국대에 진학했다?"

채동욱이 서서히 흥미를 느꼈다.

'한국대에 진학하기 위해서 죽어라 공부만 한 범생이.'

저녁 식사 전 채동욱이 서진우에게 갖고 있던 선입견이었다.

　그런데 서진우를 직접 만나서 대화를 나누다 보니, 그 선입견이 깨졌다.

　"혹시 내가 누군지 알고 있나?"

　"수빈이 아버님이시죠."

　"그것 말고 내가 뭘 하는 사람인지 알고 있느냐고 물은 걸세."

　"투자 전문 업체인 '밸류에셋' 대표이십니다."

　'나에 대해 알고 있다?'

　채동욱의 두 눈에 이채가 떠올랐다.

　처음 만나 인사를 나누던 서진우의 태도.

　정중하게 예의를 갖췄지만, 결코 비굴하지는 않았다.

　기업 대표들도 자신의 앞에서 굽실거리기 바쁜데, 서진우는 자신의 정체를 알면서도 당당한 태도를 견지했다.

　'강단이 있는 건가? 물정을 모르는 건가?'

　서진우에게 더욱 흥미를 느끼며 채동욱이 다시 물었다.

　"장 원장이 알려 주던가?"

　"아닙니다. 제가 따로 조사를 좀 했습니다."

　"그래서 나에 대한 결론도 내렸나?"

　"네."

　"어떤 결론을 내렸는지 들어 봐도 될까?"

"시류에 휩쓸리지 않고, 기업 가치를 정확히 꿰뚫어 본 후 투자하는 진짜 투자자라는 것이 제가 내린 결론입니다."

'회사 홈페이지에 한 번 들어와 봤나 보군.'

방금 서진우가 꺼낸 대답.

'밸류에셋'의 비전에 대해서 소개한 글과 거의 흡사했기 때문에 채동욱이 속으로 코웃음을 쳤을 때였다.

"그렇지만 최근 '밸류에셋'의 투자 수익이 감소하고 있습니다. 기업의 가치에 대한 평가가 정확하게 이뤄지지 않는 것이죠. 우신은행 주식을 대거 사들였던 것이 최근 '밸류에셋'의 기업 가치 평가가 정확하게 이뤄지지 않는 증거라고 생각합니다."

탁.

채동욱이 손에 들고 있던 숟가락을 내려놓았다.

'이 자식, 뭐야?'

좀 전까지만 해도 회사 홈페이지에 한 번 들어가서 둘러본 게 전부일 거라 생각했다.

그런데 방금 서진우가 꺼낸 말을 듣고서 채동욱의 생각이 바뀌었다.

실제로 '밸류에셋'에서 운용하는 투자 상품들의 수익률이 크게 줄어들어서 투자사들이 실망한 상태였으니까.

또, 우신은행에 대한 기업 가치를 너무 높이 평가해서 주식을 고가에 매입했다가 큰 손해를 본 상황이었다.

즉, 이런 '밸류에셋'의 내부 상황을 서진우가 정확히 꿰뚫고 있다는 것이 채동욱을 당혹스럽게 만든 것이었다.

그래서 채동욱이 표정을 굳혔을 때였다.

"대마불사."

"……?"

"'밸류에셋'의 투자 원칙이 맞습니까?"

"그건 또 어떻게 알았나?"

"아까 따로 조사를 해 봤다고 말씀드렸지 않습니까? 그동안 '밸류에셋'의 투자 방식을 살펴봤더니 주로 대기업 위주로 투자를 해 왔더군요. 물론 대기업 위주로만 투자를 해서 투자자들을 만족시킬 수 있는 높은 수익률을 얻는 것은 불가능합니다. 그래서 좀 더 자세히 살펴보니 대기업이지만 부도 일보 직전인 기업의 주식 가치가 저평가됐을 때, 집중적으로 주식을 구매했더군요. 아까 말씀드렸던 대마불사, 그러니까 정부가 공적 자금을 투입해서 부도 위험에 몰렸던 대기업을 살릴 거란 판단을 내리고, 아니, 확신을 갖고 이런 투자 방식을 가져가서 수익률이 높았던 겁니다."

채동욱이 두 눈을 크게 떴다. 방금 서진우가 꺼낸 이야기는 '밸류에셋' 투자 방식의 핵심을 정확히 꿰뚫고 있었기 때문이었다.

부도 위기에 몰린 대기업의 주식이 저평가됐을 때 매수하고 이후 정부가 공적 자금을 투입하고, 기업이 구조 조정을 하면서 주식 가치가 다시 상승했을 때 매도하는 방식으로 '밸류에 셋'은 몸집을 불려 왔다.

"여보, 술 가져와."

서진우와 대화를 나누다 보니 식욕이 싹 사라졌다.

대신 술 생각이 났다.

"같이 한잔할 텐가?"

채동욱이 제안하자, 서진우가 난감한 표정으로 대답했다.

"감사한 제안이지만… 저는 술을 마시면 안 되는 미성년자입니다."

"내가 책임질 테니 걱정하지 말고 마셔. 기사 시켜서 집 앞까지 데려다 줄 테니까 부담 없이 같이 마시자고."

채동욱이 위스키 병을 들며 호탕하게 말했다.

'일단 관심을 끄는 데는 성공했네.'

내가 속으로 생각하며 자리에서 일어났다.

"제가 먼저 한잔 따라 드리겠습니다."

"그것도 좋지."

채동욱이 위스키 병을 내게 건네고 기꺼운 표정으로 술잔을 들었다.

쫄쫄쫄.

손으로 상표를 가린 채 위스키를 따르자, 채동욱이 짓궂은 표정으로 물었다.

"술을 못 마시는 미성년자라고 했는데, 술 따르는 법을 아는군."

"아버지에게 주도를 배웠습니다."

"부럽군."

"네?"

"서 선생 부친이 부럽단 뜻이야. 나도 아들과 같이 술 한잔 마시는 게 로망이었거든."

"제가 가끔씩 술친구가 돼 드리겠습니다."

"응? 그것도 나쁘지 않겠군."

채동욱이 껄껄 웃으며 잔을 내밀었다.

"일단 목부터 축이세."

"알겠습니다."

째앵.

가볍게 술잔을 부딪쳐 건배한 후 난 바로 잔을 비웠다.

'크으, 독한데 잘 넘어가네.'

도수가 높은데도 목 넘김이 편했다.

그리고 향이 깊은 것이 고급 위스키라는 증거였다.

"아빠!"

"왜?"

"선생님한테 술 너무 많이 권하지 말아요."

그때, 채수빈이 엄포를 놓았다.

'좋네.'

장차 국민 첫사랑으로 불리며 선풍적인 인기를 누리는 채수빈이 내 옆에 찰싹 달라붙어서 내 편을 들어 주니 헤실헤실 웃음이 나왔다. 그리고 내 편을 들어 주는 채수빈을 위해서 입을 뗐다.

"수빈이에게 서경대가 기준점이라고 들었습니다. 만약 수빈이가 연신대에 진학하면, 연예계에 진출하는 것을 반대하지 않으시겠다는 약속을 지키실 겁니까?"

"서경대가 아니라 연신대?"

"네."

"왜 하필 연신대인가?"

"저도 돈 좋아합니다."

"……?"

"인센티브를 받고 싶습니다."

'잊어버렸네.'

서울의 사립 명문대인 고원대나 연신대에 채수빈이 입학하면 1억을 수령하는 것이 인센티브의 내용이었다.

장창기 원장이 인센티브 관련 내용을 전달하지 않았을 리는 없었다.

채동욱이 잊어버린 것이었다.

돈이 주체하기 힘들 정도로 많아서가 아니었다.

딸인 채수빈이 고원대나 연신대에 진학할 가능성이 극히 희박하다고 판단해서 무심코 흘려듣고 잊어버렸을 확률이 높았다.

"잠깐만 기다려 보게."

채동욱이 짐짓 미간을 찌푸린 채 기억을 더듬더니 이내 무릎을 탁 쳤다.

"그래. 이제야 인센티브 관련 내용을 들었던 기억이 나는군. 수빈이가 고원대나 연신대에 들어가면 1억의 인센티브를 받는 것이 내용이었지. 장 원장에게 그 얘기를 듣고 나서 서 선생이 투자를 하면 딱 망하기 좋다고 생각했었어. 너무 무모했거든."

"무모한 게 아닙니다. 자신이 있는 겁니다."

"수빈이를 연신대에 입학시킬 자신이 있다?"

"그렇습니다."

"그럼 나야 좋지. 그깟 일억이 대수일까."

그깟 일억이 대수냐고 표현하는 걸 보니 역시 부자는 다르다.

그때, 채동욱이 다시 입을 열었다.

"아까 하던 얘기를 마저 해 보세. '밸류에셋'의 기업 가치 평가가 정확하게 이뤄지지 않고 있다고 지적했었지?"

"지금까지 '밸류에셋'에서 고수해 온 대마불사 전략은 더 이상 먹히지 않을 겁니다."

"그렇게 판단한 이유는?"

"대마들이 우수수 쓰러질 것이기 때문입니다."

"대기업을 얕보지 말게. 대기업 하나가 무너지면 임직원 수만 명이 직장을 잃고 실직자가 되는 거야. 그리고 그들의 가족들까지 더하면 최소 수십만 명이 길바닥에 나앉는 거야. 그걸 정부에서 그냥 지켜보고만 있을 수 있을까?"

"지금까지는 그냥 지켜보지 않았습니다. 공적 자금을 투입해서 부도 위기에 처한 기업을 살려냈고, 덕분에 '밸류에셋'은 높은 투자 수익률을 거두면서 성장할 수 있었죠. 하지만 앞으로는 상황이 달라질 겁니다."

"왜 상황이 달라질 거라고 확신하는 건가?"

"정부가 공적 자금을 투입해서 부도 위기에 처한 대기업을 살릴 여력이 없어지기 때문입니다."

"……."

"IMF 구제 금융을 받게 되면서 IMF의 감시를 받게 되면 정부는 함부로 기업에 공적 자금을 투입할 수 없게 됩니다. 그렇게 되면 경영 상태가 부실한 대기업들이 우수수 쓰러질 겁니다."

채동욱은 두 눈을 크게 뜬 채 놀란 표정을 감추지 못했다.

아직 고등학생에 불과한 내가 한국 경제 상황의 현재와 미래에 대한 정확한 분석과 예측을 하고 있는데 어찌 놀라지 않을 수 있을까.

그리고 놀란 것은 채동욱만이 아니었다.

양미향과 채수빈도 막힘없이 채동욱과 어려운 대화를 이어나가고 있는 날 신기하게 바라보고 있었다.

'회귀한 게 좋긴 하네.'

그냥 내가 보고 경험했던 것을 말했을 뿐인데 모두 고급 정보가 됐다.

그래서 내가 속으로 생각하고 있을 때, 채동욱이 위스키를 비운 후 물었다.

"그럼… 투자 패러다임을 어떻게 바꿔야 할까?"

『회귀자와 함께 살아가는 법』 2권에 계속…